ひねくれ弥八

本多正信外伝

田《た》島《じま》高《たか》分《わき》

郁朋社

ひねくれ弥八 ―本多正信外伝―／目次

駿州遠州地図

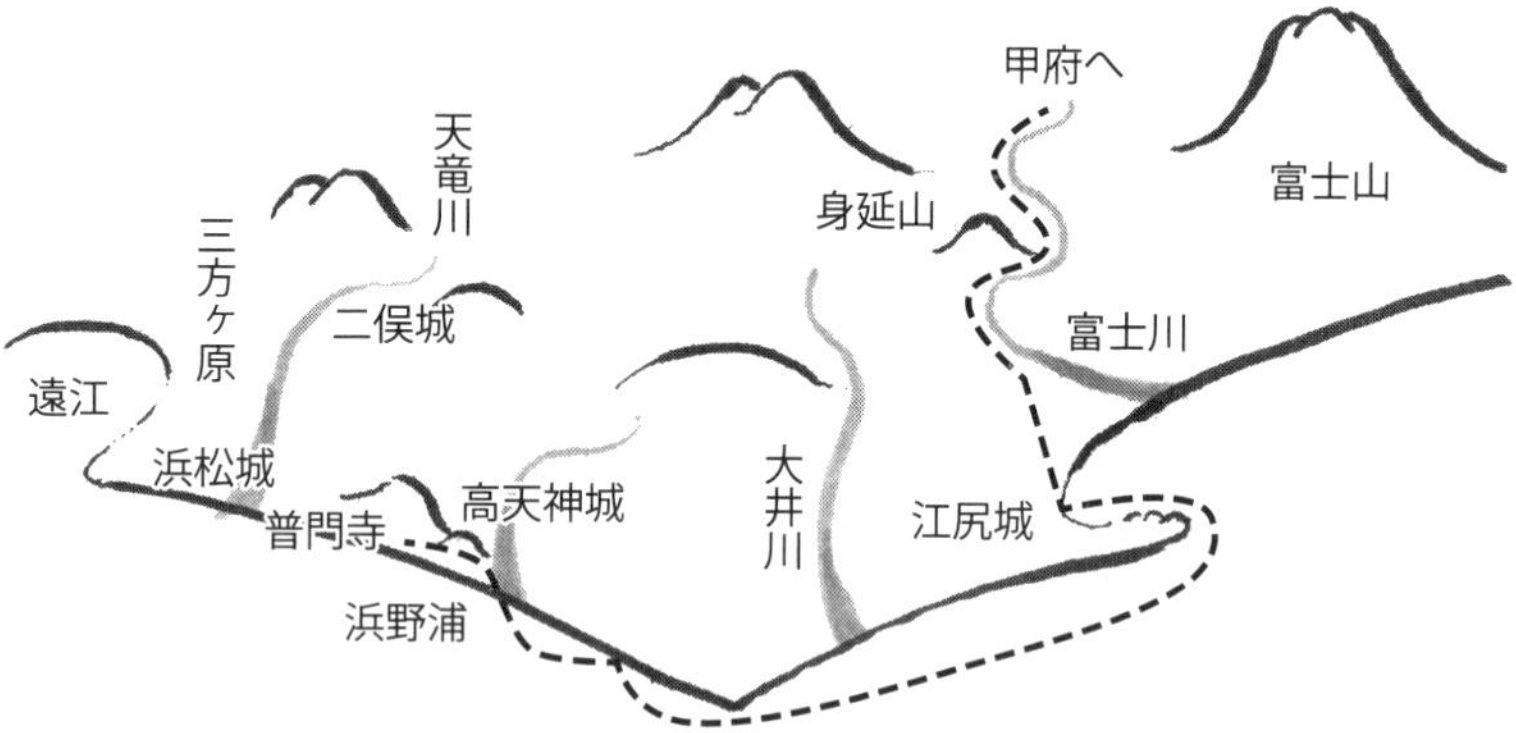
甲府へ
富士山
天竜川
身延山
三方ヶ原
二俣城
富士川
遠江
浜松城
大井川
高天神城
江尻城
普門寺
浜野浦

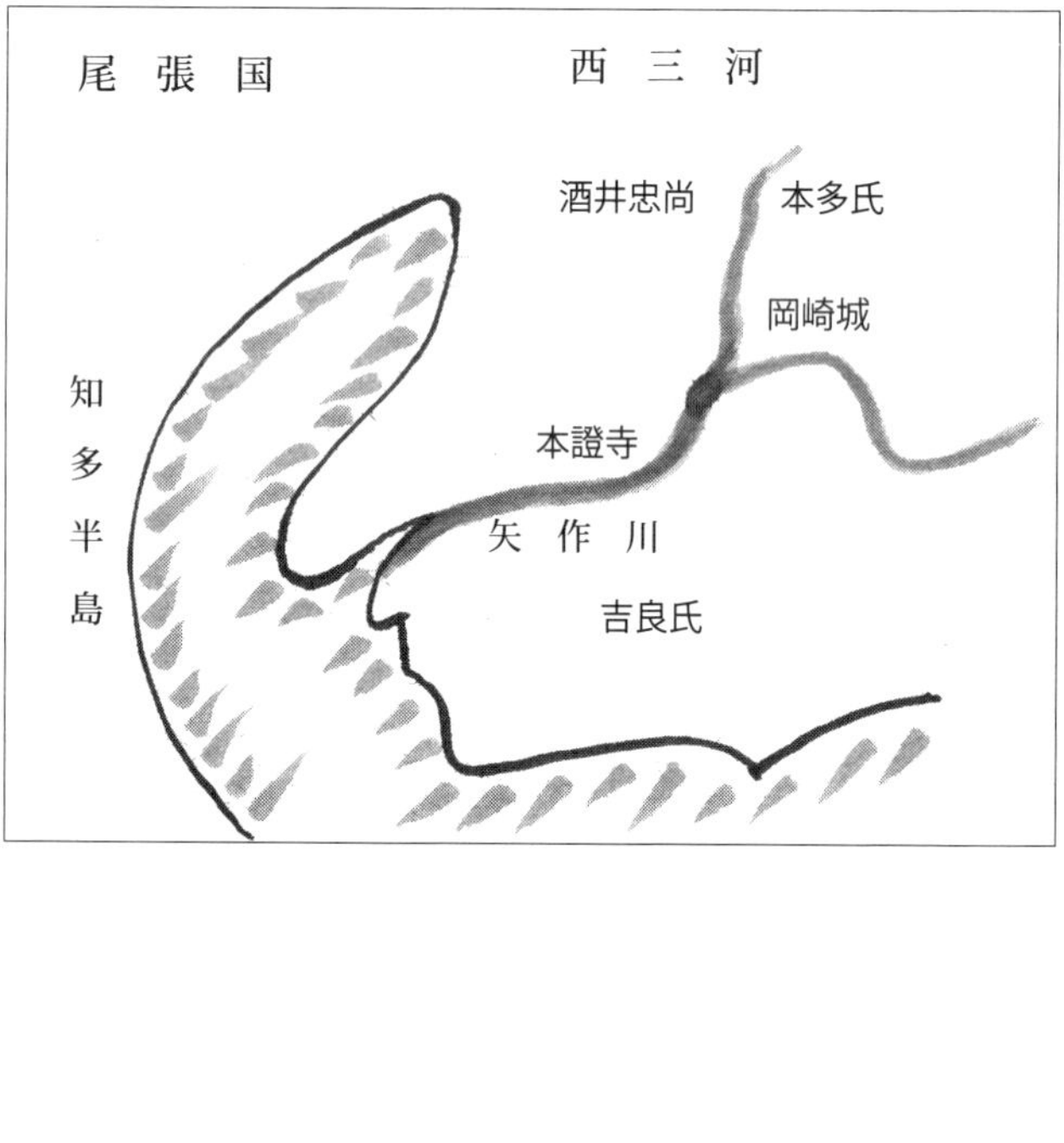
尾張国
西三河
酒井忠尚
本多氏
岡崎城
知多半島
本證寺
矢作川
吉良氏

ひねくれ弥《や》八《はち》

「弥八さあ」

夜明けまでにはあと一刻（約二時間）。月は無く、闇の中に蠢《うごめ》く男たちが居る。昼間の蒸し暑さは夜になっても変わらず、人が動くたびに汗のすえた臭いが湧《わ》く。ひと雨来れば戦《いくさ》場の臭いも少しはましになるのだろうが、雨になればなったで泥に足を取られることになる。

臭いの方がまだましか。

弥八は、思いに囚われて三弥《みつや》への返事を忘れていた。

「弥八さあ、弥八さあ」弟の三弥が呑気《のんき》に繰り返す。

〝シッ〟

誰かが声を咎《とが》めた。

田の畦《あぜ》に沿い、戦《いくさ》備えの兵が重なり合うように身を潜《ひそ》めている。突撃を待つ者にとって三弥の声は確かに間延びして聞こえるが、それを他人に咎められたら話は別だ。弥八は目を上げて、いつもの〝ひねくれ〟を口にした。

「なんだぁ？　三弥。小便ならそのままでしろ」

〝小便〟の声に周りの者が避けるように離れていき、それだけで息苦しさが少し緩み、代わりに泥田の臭いに囲まれた。

青臭さと蛙の臭い。弥八たち三河者には嗅ぎ慣れた臭い。地元の田より水っぽい臭いだ。

「田んぼに小便はしねえ。する奴ぁタァケだ」三弥の生真面目な声が返ってくる。

弟の三弥は数えで十六。父譲りの図体で、背でも目方でも二十三の弥八を優に越えている。性根も父親似で、戯れ言も冗談も通じない。世に言う偏屈とか頑固、一刻者と言われる類いで、他人の心情など頓着《とんちゃく》せず、ただ自分のことにしか興味がない男だ。

地侍たちもそれを知っているから黙ったまま〝タワケ兄弟が何を話すか〟と聞き耳を立てている。

「それで、何だ？」

「おらは体も力も弥八さあより上だ。なのに、なぜおらの槍は短い？」

またそれか、とうんざり顔を向けるが夜闇で見えないようだ。見えたとしても三弥には通じない。

「この槍はな、俺の戦利品だ。それに俺はお前の兄だ。お前も兄からではなく、敵から奪え」

何度言ってもこの男には理解できないようだ。だいたい兄に向かって〝弥八さあ〟の呼び掛け自体がどうかと思う。

〝弥八さあ〟は〝弥八さん〟、他人への呼び掛け、人が聞けば兄弟とは思わないだろう。しかしこれは三弥のせいばかりではない。父が使い始め、今では〝偏屈本多〟の習いになっている。

父の弥八郎は自分のことを子にも〝弥八郎さあ〟と呼ばせていた。本多家の惣領名《そうりよう》は弥八郎。弥八も通名《とおりな》は弥八郎だが、父と区別して〝弥八〟と呼ばれていた。それなら家族内では〝父〟〝兄〟の呼び名でよさそうなものだが、父は頑《がん》として名前で呼ばせた。ここも偏屈なところ。親子、兄弟でも〝自分のことしか考えない〟が本多の家訓なのだろう。

偏屈家族に挟《はさ》まって、弥八はなまじ頭が良いから偏屈者の考えが分かってしまう。分かった上で偏屈を言おうとするから、中途半端な〝ひねくれ〟になる。

父の〝弥八郎さあ〟は酒井将監《しょうげん》隊の中に居るはずと、土手向こうへ目を向けた。

酒井忠尚《ただなお》、通称将監。矢作《やはぎ》川近くの上野城に居する西三河随一の国人領主、長年尾張織田と戦ってきた強者だ。

攻撃指令を出すとしたら父の仕える酒井将監だろう、と目を向けるが、動く様子は無かった。

弥八たちが付き従う本多宗家の惣領、本多平八郎も畦道の最前で、床几《しょうぎ》に座ったまま動きを止めている。

この男も厄介だ。

本多平八郎忠勝。父を早くに戦《いくさ》で亡くし、叔父に育てられて今回が初陣《ういじん》になるのだが、床几を使うなら後ろで指揮、最前で皆を率いるのなら隠れ伏すのが大将の常法だ。豪胆なのか馬鹿なのか、最前で床几に座っている。これでは弓矢の狙い的《まと》だ。付き爺がそれを言うと、

「怖いと思うから見つかる。見つかれと思えば見つからない」そう応えていた。

馬鹿の方だ。

こいつも父親同様に早死にするだろう。えらい奴が惣領になったもんだ。

平八郎は本多宗家の惣領であり、本多党の首領として弥八たちを率いている。

本多党は親族一統と考えていい。枝葉のように増える血統支流には新たに拓く土地も無く、近くに住み分けて米を作り、戦になれば宗家から号令が掛かる。家臣と言えば聞こえはいいが、戦が無ければ小作のようなもの。

宗家の平八郎は三河国人の松平元康（後の徳川家康）に仕えているから、弥八は陪臣《ばいしん》（家臣の家臣）だ。酒井将監も弥八たちが棲む西三河の小領主のような存在であり、松平家の重臣として本多党を従えていた。すると弥八は陪臣の陪臣か。どんどん遠くなる。

しかし将監と平八郎の関係は難しい。平八郎は将監の配下ではなく、与力となっている。与力とは一時的に指揮下に入ること、立場としては同僚だ。

将監はそれが面白くない。

将監にとって本多党は自分の手下か家来程度にしか思っていない。そして惣領は洟垂《はなた》れの初陣小僧。そんな平八郎が自分と同格なぞとは片腹痛いというところ。

そんなこんなで、弥八たちは将監と平八郎、両方に気を使わなければならず、弥八たち兄弟は年若の平八郎の初陣に従い、父は村の若衆を連れて将監に連なっている。

まったく面倒なことだ。

面倒なのは、そんなことに気が向く己《おのれ》自身の心根もそうだ。三弥のように槍の長さだけを気にする方がどれほど楽なことか。弥八の面倒はこれだけで留まらない。

三河国人たちを率いる御《おん》大将は松平元康。これも一昨年初陣したばかりの十九の若輩だ。

三河は今川の雪斎《せっさい》禅師によって安定した領国で、この雪斎坊主は戦も強いし統治も上手かった。しかし嗣子《あとつぎ》も無く死んでしまい、さて、次の領主は誰になるか。

今川家直臣《じきしん》となった松平元康はどうか。三河者の利点はあるが政《まつりごと》の信が無い。

岡崎城代の今川重臣ならどうか。駿河ならいざ知らず、三河支配は荷が重い。いろんな噂が飛び交《か》い、すったもんだの末、先の御屋形様、隠居の今川義元で落ち着いたらしい。

言われてみれば納得だ。義元ならば領内への抑えも効くし、雪斎とは親子関係に近かった。そして隠居領として三河統治に専念すれば、今の御屋形・今川氏真《うじざね》だって独り立ちするだろう。

今回は新領主のお国入り。塗りの御輿《みこし》に担がれて、官位威風を吹かせるつもりらしい。飾り輿は上位官位に与えられた特権を示している。

三河の国人たちはその前祓《はら》い。祝いの品は織田に囲まれた城を助けること。前祓いの元康としては、ここで大手柄を立てて老い先短い義元の後を狙いたいところか。

なにやら村祭りのようで、弥八は田楽謡《うたい》をひねってみる。

〝京雀なら姦《かしま》しく、輿の飾りを囀《さえず》るが、田舎蛙はもの知らず、馬にも乗れぬと馬鹿にする。三河蛙は腹底で、帰《けえ》ろ、帰ろと唸り合う……〟

――どっちにしても俺たちは槍避けの先走り。

戦になれば最前を走り、平八郎の、将監の、そして元康の、槍避け弓矢避けになるだけ。運が良ければ生き残り、悪ければ死ぬだけのこと。

いつものように、あれこれ考える自分を追い出していく。

水気を帯びた風が渡り、また田の臭いがした。三弥に目を向けると、こいつ、まだ俺の槍を眺めている。

永禄三年（西暦一五六〇）五月十九日未明。後《のち》の世に〝桶狭間の戦い〟と言われる日。

松平元康、後の徳川家康は今川重臣とともに織田方の丸根砦、鷲津砦を囲んでいた。

元康は三河領主を自任する松平党宗主なのに主城の岡崎城にも入れない。これも今川の一家臣として織田に対抗しているためだ。ここは何としても夜明け前に砦を陥落させ、朝一番に戦勝報せを義元へ届けねばならない。守る織田方は援軍も逃げ道も無い。双方とも本気だから、夜明けの戦いは過激なものになるだろう。

本多弥八郎正信。後に徳川家謀臣として重用されるが、今は〝偏屈本多の弥八さあ〟でしかなく、本多平八郎忠勝の前走りとして田の畦に隠れている。

大将の元康は敵の主力を誘《おび》き出し、手薄となった砦へ潜ませていた弥八たちを突入させた。

惣領の本多平八郎は飛び出したら後へは引かない、典型的な猪武者だ。前を走る弥八は平八郎を守る、というより平八郎に追い立てられて戦っている。

弥八たちの戦拵《こしら》えは胴丸に手甲脚絆《てっこうきゃはん》、鉄入り鉢巻の軽装だ。致命傷にならないように腿や腕には竹を巻いているが、動きの制約になるので最小限に留めている。前走りの強みは敏捷性、しかし夜の戦では動きが遅れ、どうしても傷を負ってしまう。その上、刈り取った敵武者の首を腰に付けているから徐々に動きが鈍くなる。それでも惣領の平八郎は進めと走りだす。

弥八は槍を突きながら平八郎の前を走った。

突いては引き、引いては突く。これを続けて四半刻、腕が石のように重い。辛いのは突きより引くほうだ。腕が痺れて槍先が下がってしまう。それを見越して敵の槍が突き返してくる。生きていたければ槍先を引き上げていなければならない。

そう思っても動きが鈍ってしまい、敵の槍先が迫ってくる。それには三弥が横から防いでくれた。三弥の槍は短いが、腕の長さと手数の多さで敵を追い立ててしまう。

──長柄槍は俺には不向きだったか。

不思議なもので、そんな弱気には必ず敵の槍が向かってくる。槍を正面に受けると敵と目が合う。槍先の両側に敵兵の目。緊張し、恐れと諦めと少しの期待に見開いている。きっと俺も同じ目をしている。弥八は思うより先に槍を繰り出した。

──考えるな。戦場で考えりゃ敵の槍矢が群がるぞ。

父の戦心得を唱え、槍を突き出していく。

目の前を槍の穂先がかすめたが、さすがは長柄槍、相手の穂先より先に手ごたえがあった。

「弥八！　良い働きだ！」平八郎の声。

──こいつ、俺の名を知っているのか。

一瞬、気が後ろに向く。

その時、不意に体が崩れた。地面が目の前にあり、そのまま倒れ込む。何が起きたか分からない。

顔を上げると、三弥が敵兵を槍で突き返している。起き上がろうとしてまた転んだ。左膝が痺れて力が入らない。触るとぬるりと血の感触。

――槍で突かれたか。

全身の力が抜け、そのまま寝転んでいると、突然に三弥の顔。

「槍は貰った」

それだけ言って腰の芋がら縄を突き出した。動けない弥八には長い槍は要らないし、代わりに芋がらを置いていくということなのだろう。そう言えばいいのに〝槍は貰った〟などと偏屈らしい言い様だ。

「道理だ。持っていけ」

言ったときにはすでに三弥は消えていた。

仰向けのまま明けゆく空を眺めてみる。

戦声が空に昇り、黒雲と一緒に流れていく。ひと雨来るかもしれない。目を凝《こ》らすと、雲間に白い空。星が微《かす》かに瞬《またた》き、瞬いたかと思うとまた雲に隠れる。喧騒《けんそう》の中で星の瞬きを追っていた。

昨日からの戦準備で疲れている。やっと休むことができる。そう思うと体中が緩んできて、腹がひどく減った。

三弥の置いていった芋がらを口で千切ってみる。芋がら縄は芋茎《ずいき》を味噌で煮詰めた携行食。しかし三弥の芋がらは味噌味が無く痺れるような苦みがある。芋ではないようだ。アクの苦みと青臭さで思わず吐き出した。

――あいつ、こんなものを食っているのか。

偏屈者は食い物まで偏屈だ。

一

弥八は〝見知らぬ侍が境内に居る〟と寺務所で言われ、見回りを理由に境内隅で休んでいた。

雲一つない秋空に欅《けやき》の大木が枝葉を広げている。鳶《とび》の声を追って見上げると、空の青が目に沁《し》みて心持ちが吸い上げられる。ふわふわと宙に浮いた心許《もと》ない気分。今の自分の境遇に似ている。

弥八は一昨年の戦で怪我を負ってから足を引きずるようになり、田仕事もできないので今はここ、本證寺《ほんしょうじ》で蔵番のような仕事をしている。

本多宗家といっても郷村の長のようなもの、支流の弥八の家はその下に配される村主というところか。年貢や公事賦役《くじぶやく》のとりまとめ役だが、日頃は百姓仕事をしているから取り立てる方か、取り立てられる方なのかよく分からない。百姓との違いは年貢集めを行うから読み書き、算術が少しはできること。弥八は寺でそれらを学んだので、伝手《つて》を頼って蔵番仕事に潜《もぐ》り込んでいた。

寺には所領もあり証文での取引仲介や目録合わせなどの仕事が多くあり、弥八のような戦傷者の受け皿になっている。

辺りが騒がしくなってきた。

目を戻せば、講堂での説法が終わったのだろう、昔の弥八のような洟垂《はなた》れが犬ころのように走り出てくる。名主の子もいれば百姓、商家の子も居る。皆、総じて喧《やかま》しい。

弥八は欅近くで遊びだした洟垂れを杖代わりの木刀で蹴散らしていく。境内を静かに保つのも弥八の仕事。子供たちは弥八を見て一瞬竦《すく》み、怯《おび》え顔のまま逃げていく。

子供は正直だ。

弥八の顔が怖いのだ。頬骨と眉骨が盛り上がり、その奥で丸い目が光る。金壺眼《かなつぼまなこ》と言われる目で睨《にら》むから、子供ばかりか大人でも身構える。

この顔のせいで子供の頃から意味も無く殴られた。これが本多の顔。父も弟も同じような顔をしている。相手を威嚇するには役立つが、何を言っても邪心があると勘繰られる。本多の家が偏屈になったのも顔のせいかもしれない。

この顔をどう使うか。最近それを考えている。村寄合には不向きでも、寺侍なら押しが利《き》く。田仕事ができないのなら、他で食い扶持を見つけなければならない。ひとつは本證寺で廻船相手の蔵役になること。

矢作川は東の物産を都に運ぶ、海運業の一大拠点であり、廻船には蔵が要る。それを守る武力も信用も必要だ。そこで寺社の蔵を使うようになり、取引を円滑にするために廻船湊は同門の寺社が占めるようになっていた。弥八の顔なら荒っぽい船頭相手でも抑えになる。

矢作川海運が隆盛なのは、浄土真宗の本願寺派とつながっているからだ。蓮如《れんにょ》様のご入国で三河教団が地元に根付き、それを元手に中央との物流という商いの枝葉を伸ばしていた。そうなると教団と海運は持ちつ持たれつの関係になり、仏花《ぶっか》に集まる虫蛾のように商人たちが集まり、銭商いが真宗の法灯《ほうとう》を支えるようになっている。

食い扶持のもうひとつは……、と考えを巡らしていると、華やいだ声が響きだした。

寺は誰にでも説法という読み書きを教えるから、子供の次に終わるのが女たち、最後まで残るのが男たちだ。寺は立場や地域を越えた出会いの場にもなっている。

目の隅でみおを探す。子供のように小さいからすぐに見つけた。みおも弥八に気づいて駆けてくる。見ているだけで腹の底が緩んで、体がむず痒くなってきた。

――この女は俺を好いている。

湧き立つような気持ちが弥八のひねくれを唆《そそのか》し、意味も無く木刀を振らせた。みおは驚いたように足を止め、笑顔を向けてくる。丸い目に丸い鼻、尖った小さな顎が鼠《ねずみ》のようだ。縮れた髪はいくら櫛を入れても崩れて見え、尻も小さく、女としての魅力に欠けている。それが災いしてか、商家の一人娘なのにまだ婿を取らない。

婿が来ないのは家業のせいかもしれない。みおの家は紙の端《は》切れを使った紙紐《かみひも》屋だが、商いが小さく、陰でゴミ屋と呼ばれていた。

「弥八さん、お仕事ですか？」

「当たり前だ。遊んでいるように見えるか？」

「境内のお見回り？」

「おう、そうだ。見知らぬ者を見かけたと聞いてな。様子を見に来た」

通り過ぎる女たちの視線を気にして横を向いたままでいると、みおも同じ方を向き、

〝紅葉がきれい〟と呟《つぶや》いた。

確かに向いた先に楓の葉が赤く陽《ひ》を透かしている。

「掃除が大変だ」とひねくれを言ってみるが、年寄りの小言のようで俗っぽい。

「枯れる前に紅くなるのですね」

そこでまたひねくれが顔を出す。

「紅葉は陽が当たるから紅くなる。枯れているのではない」

みおが目を丸くした。この顔だ。この顔を見ると弥八の口は勝手に回り出す。

「日陰の葉は紅くならずに枯れる。紅くなった葉を見てみろ。陽が透けるぞ。陽を透かせて他の葉にも陽が当たるようにしているんだ。だから、葉も上の方から赤くなっていく」

「ほんに……」

近くからの声に見下ろせば、みおが隣で見上げている。粗末な柿渋の小袖に縮れ髪を紐で巻き、腰には打掛代わりの麻衣を巻いている。ほのかに女の匂いが立ち、子供のように見えるがこの娘も女なのだ、と当たり前のことを思った。

そして弥八は二十五。田仕事ができないなら商屋の婿もある。それが思い描けるもうひとつの将来なのだが、弥八はいつまでも切り出せないでいた。

「弥八さんは何でもよくご存知です」

「今日は何を学んだ？」

「〝なんまいだぶ〟のお経。それより、弥八さんの今日を教えて」

聞き上手のみおが相手だと弥八も口数が多くなる。今日出会った者たち、起こった出来事を辛辣《しんらつ》に評していく。みおは相槌を打ち、驚き、訊《き》き返す。そこでまたひねくれを言う。弥八のひねくれも、みおを通ると笑いの種になるから不思議だ。笑い声を聴き、またひねくれを言い返していると弥八も自分が気の利いた洒落男に思えてきて、丸めた背も伸びてくる。秋の空を飲み込むように笑ったが、その笑いが途中で固まった。

口を開けて眺めた先。そこに男の姿がある。

寺門の礎石に座り、じっとこちらを眺めている。

――平八郎。

本多宗家の当主、惣領の平八郎。負傷した、あの戦以来になる。

弥八の気づきに頷いてゆっくりと立ち上がった。みおは男たちの目つきを見比べてから、身を縮めて去っていく。それを目で追いながら平八郎が近づいてきた。

この男も眉骨頬骨の張った本多顔だが、鼻が大きく武者顔とも言える。顎を上げて弥八を眺めてから、無表情のまま声を掛けてきた。

「中田の弥八だな。足の具合はどうだ?」

本多家同士は互いを屋号で呼び合い、弥八の家は〝中田〟の本多、通称〝偏屈〟と呼ばれている。

二人が顔を合わすのは正月挨拶か戦場くらいのもの。怪我のことを知っているのか、と少し驚いた。

平八郎は言ってから顔を顰《しか》めた。笑ったのかもしれない。

ごつごつとした骨太の本多顔は表情がよく分からない。一昨年の戦の時よりひと回り大きくなった体に、こざっぱりとした蓬《よもぎ》染めの素襖《すおう》を着《つ》けているから大人びて見えるが、動きが粗雑で着崩れている。

弥八は頷きだけを返す。主人筋だが血統では弥八が上、卑屈になることはないと自分を励ました。

「あの娘、狸に似ているな。小狸か」言ってからまた顰めた。やはりこの顔は笑いなのだ、気の利いたことを言ったつもりでいる。

弥八は〝フン〟と鼻を鳴らし、

「お主こそ、岡崎の狸とうまくやっているか？」と顎を上げた。

狸とは三河領主と称している松平元康のこと。下膨《しもぶく》れの顔が似ている。平八郎は松平元康の近習となり、今は在所を離れて岡崎で暮らしている。

「狸か。こりゃいい」

手を打って声を上げた。笑い声は年相応に浅はかだ。

「狸が名を変えるぞ。家康だ。松平家康。今日、ここに来ている」

――名前を変える。

この言葉で弥八の頭が勝手に回り出す。

元康という名は、烏帽子親の今川義元の〝元〟の字を授かったもの。それを捨てるということは今川と敵対するとの宣言になる。尾張清須で織田と講和したと聞いたが、合わせて考えれば東三河で今川と戦が起こることになる。ここ西三河での織田との戦は終わるのか、と安堵するが、そこで終わらないのが弥八のひねくれだ。

二十年以上、西三河は動乱が続いている。

ひとつには矢作川の東岸に居座る吉良《きら》だ。

尾張の斯波《しば》、駿河の今川に対して吉良は両家の主筋にあたり、三河領主の家柄。何度もお家騒動を繰り返して没落しているが、当主の吉良義昭は今でも家柄と気位で人も銭米も集まると思っている。それを許しているのが矢作川の海運問屋。京とのつながりを重んじて吉良の名で商売を行っているから、どうしても甘やかすことになり、義昭は矢作川海運の銭を使って反抗を繰り返していた。

いまひとつは酒井将監。

これは西三河の国人領主と言える。矢作川の上流から這い出てきた松平家と同格の領主で土地とのつながりが深い。これも何度も反乱を試みるがそのつど抑え込まれていた。特に織田と領地争いをしてきた将監は織田との講和を了とせず、岡崎にも出仕していないと聞く。

吉良も酒井も織田の脅威が無くなれば松平に従う理由は無くなる。

「どうした？　何を考えている？」

平八郎が大きな鼻を向けてくる。全《まった》くの芋顔だ。

「家康の名が起こす騒動を考えている」

「名前くらいで騒動が起きるか」と十五の小僧がまた子供の笑いを上げた。

「ではなぜ、この寺に来る？」

「さあな、俺の知ったことか。俺はな、頭は使わない。頭を使うとお前のように〝ひねくれ〟になるからなぁ」

——さあ、ひねくれるぞ。

なんだか嬉しくなってきた。

「言われたことを聞くだけなら犬と同じだぞ。狸に飼われた犬か。化かされているとも知らずによく吠える」

平八郎が笑った。顰めではない笑い。猛犬が歯を剥《む》いたようだ。

〝平八〟

遠くで声がして、平八郎がすぐに腰を折って小声で囁《ささや》く。

〝殿様じゃ〟

口を開けたまま眺めている弥八に、顔を伏せろと指図して、

〝家康様じゃ。お前も付いてこい〟と走りだす。弥八も悪い足を庇いながら跳ねるように後を追った。


「話は終わりましたか?」

平八郎の言葉に合わせ、弥八も片膝を付いて後ろに連なる。

「〝お話はお済でしょうか〟だ」家康の声が下げた頭に降ってくる。

「はっ、その〝しょうか〟です」と平八郎。顔を上げて応えたようだ。

ため息が聞こえ、

「まあよい。ここは身分不問の寺内だ。その者は誰か?」と声が向いてきた。

弥八が畏《かしこ》まると、平八郎が顔をこちらに振り、

「この者は本多一統の者で本多弥八郎――」と目で頷きを向けてくる。何だか分からないが、とりあえず頭を下げた。

「本多の中でも頭の良い男。礼儀見習いでこの寺に通っております」と勝手な作り話をし、

「口は悪いし、礼儀を知りませんのでご容赦を」と横目を流して付け加えた。こいつに言われたくない。

「そうか。殊勝な心掛けだ。顔を上げよ」

顎を上げて上目で睨む。色艶の良い狸顔が目を丸くして怯える表情を作った。

――やはり俺の顔か。

弥八の臍が曲がりだす。

「何を学んでいる？」との家康の問いに、

「この寺では行儀見習いなぞはできませぬ。〝真宗門徒のもの知らず〟との言葉はご存知でしょうか？　それほどに儀礼、主従にこだわらぬ僧門でございまする」言ってから、わざとらしく侍の辞儀をした。

「浄土真宗は行儀を教えないのか？」

「殿様は浄土宗でございましたな。浄土宗は浄土真宗の宗家と思われている御仁が多いのですが……本家と分家とでは大違いでございます」

言ってから、本多宗家の平八郎へと目を流す。何を言われているか分からない顔だ。

――本家と分家は大違い。分からんか。お前と俺のことだ。

頭が良いと言われ、自分を認めているのかと期待をした己を恥じ、恥ずかしさで平八郎を嘲《あざけ》った。

〝ほほう〟と家康が目を丸くして、

「違いはなんだ？」と狸顔を向けてくる。

家康は雪斎禅師の薫陶《くんとう》を受け、駿河で学問を身に付けたと聞く。弥八に向けて〝田舎の学問好きがどれほどのものか〟と試す目付きで笑い掛けてきた。

教義の云々も行儀の良し悪しも弥八には分からない。坊主の言うことなど、まともに聞いたことはないし、ましてや浄土宗と浄土真宗の教えの違いなぞ気にも掛けなかった。

それでは何を言おうか。ここは目録作りをしながら考えたこと、愚にも付かないひねくれを言ってみよう、と決めた。

「極楽への行き方が違いまする。一人で行くか、皆で行くか」ここで心持ち頭を上げて背筋を伸ばし、

「浄土宗なら分《ぶ》を守り、村人や親戚衆に送られて極楽を望んで往生します。それに比べて真宗門徒は〝南無阿弥陀仏〟を唱えるだけ。郷村の地も親戚筋の血も関わりなしでございます。これが何を意味するか？」答えを待たずに続ける。

「南無阿弥陀仏の道は同じでも、田植えや戦のように皆で行くのが浄土宗。一人で行くのが真宗でございます。どこで死ぬか分からない、商人や作事者、廻船、浮浪の仏でございますれば、仏事儀礼も作法も要らないのです」

家康は鉢の広い頭を傾けて考える素振りをする。さて、どう返ってくるか、と狸顔を眺めていると、

「だから頑固なのか?」と吐き捨てるように呟いた。

家康は寺に何か頼みごとをして、それを断られたようだ。いくら説得しても翻意はできなかったというところか。弥八はこの男の頭の中が見える気がした。

「一人一人が仏につながっていますから頑固なのです。理も利も通じません。己だけが信じる、己一人の仏なのです」

話しながら父や三弥の顔が浮かんだ。本多一統は総じて真宗だ。父たちの偏屈は己一人で仏と向き合うという気概なのかもしれない——一瞬過《よぎ》った考えを、

〝そんなことはあるまい。あれはただの偏屈だ〟と頭を振って追い出した。

「ならば、どうすればいい?」

何のことを言っているのか分からない。聞き返すのも癪《しゃく》だから、三弥に対するいつもの処《しょ》し方を言うことにした。

「こちらの意向は伝えたのでしょうか? それならば結構。相手が己の道を行くなら、こちらも己の道を行くだけ。斟酌《しんしゃく》とか説得は通じませんから、ぶつかってから折り合いをつける。それが偏屈の、いや、真宗門徒の処し方でしょう」

家康は吟味するように考えている。頭は悪くないが血の巡《めぐ》りは速くないようだ。しばらくして、丸い目を向けて呟いた。

「お主、物騒なことを言う」

〝訊いたから答えたまでだ〟これは言わずに頭を下げると、声色を上げてさらに訊いてくる。

「本證寺と松平が戦をしたら、お主たちはどちらに付く？」

本證寺は親鸞門侶《もんりょ》の慶円《きょうえん》により開創された真宗三河の本寺。守護不入、つまりは年貢や賦役公事を寺に任せている、領主のような扱いだ。

弥八たち門徒はこの世は本多党に属し、あの世は本證寺に導かれる。あの世とこの世、どちらに付くと言われても答えられるものではない。今度は弥八が頭を捻《ひ》ねる番だ。

「さあ、どちらに付く？」

声に喜色があり、それを聞いてまた臍が曲がりだす。

「俺たち庶流は言うならば本家の手下。お殿様とは主従がなく、あったとしても陪臣として遠い関係です。早い話が関わりないってこと。でも本證寺なら直臣扱い。陪臣と直臣なら直臣が勝るでしょう。真宗のすごいところは門徒すべてが直臣扱いなのです。お殿様が本證寺に勝りたいのなら、俺たちを直臣にすればいい」

言いながら何を言っているか分からなくなり、日頃の鬱憤《うっぷん》がこぼれ出た。家康はまた何か考えてから、ゆっくりと口を開く。

「お主ら本多党の惣領は平八郎だぞ」声が呟きに近い。

「それを越えて私の直臣になりたいと言うか？」

抑揚の無い声がそのまま消えていく。消える間際に、

〝さもしいぞ〟

呟きが聞こえた気がした。全身から汗が噴き出し目の前が暗くなる。地に潜り込むほどに体が重く

なり、姿勢をそのままに弥八はいつまでもうずくまっていた。

それから一年後、弥八は田の畦道を跳ねるように走っている。

稲穂は秋の陽を黄金色に照り返し、その中を男たちが鼠のように走っていく。街道近くからも男がひとり現れて、足の悪い弥八へ肩を貸しながら囁いた。

「聞いたか？」

「聞いた。将監様が謀反。門徒衆も騒ぎだしたそうな」

「どうする？」

「どうもこうも……、帰ってから談判だ」

「川上の方は将監様だ。川向うはまだ決めかねている」

「宗家は？」

「知るか！　これは賦役じゃねえぞ。宗家の言うことなぞ、誰が聞くか！」

男は歯を剥いて笑った。笑いに鬱屈が見える。

宗家による統制は分家に力を付けさせない制度であり、宗家自身は下克上を狙い、分家の者には従順を望む。全く手前勝手な考えだ。

男は弥八に目配せすると道を変えて離れていった。あの男は宗家ではなく、将監に付くだろう。弥八も道を急いだ。

戦だ。

出戦ではなく、この場が戦場になるから、まずは稲刈りをしなければならない。考えること、決めることは多くあるが、まずは父と三弥に相談だ。

村に入って木皮葺《ぶ》きの小屋を数軒過ぎ、奥にある中庭を持つ藁葺きの棟続きが弥八の家。鶏を蹴散らし土間に転がり込んでいくと、土間横の囲炉裏に父が、そしていつもの場所に三弥が座っている。二人とも金壺眼を光らせて面白くも無さそうに弥八へ目を向けてきた。

「聞きましたか？」

弥八の問い掛けに顎を上げて応えを返す。頷くならば顎を引くのが普通だが、偏屈の弥八の家では顎をしゃくって応えとした。

弾む息を抑えて水甕《みずがめ》から柄杓《ひしやく》で水を飲み、落ちついて考えれば、父たちが知っているのも当然のこと。弥八が聞いたのは問屋町に居る侍たちを集めての起請文の読み上げだから、檀《だん》家の父たちは事前に知っているはず。

「ここに来て座れ」

父の声に足を拭いて囲炉裏端《ばた》に座った。薄暗く懐かしい臭いがする。父たちは嫡子の席を開けて待っていたようだ。

「お前は本町に居るがこの家の嫡男だ」

年明けから松平家と西三河衆との緊張が続いていて、みおの家への婿入り話は進んでいなかった。

「将監様がついに松平に反旗を上げました」

弥八は本證寺で聞いた話を始める。

酒井将監は長い期間岡崎に出仕せずに家康と緊張関係にあったが、ついに西三河の侍たちに招集を掛けたのだ。

「年貢とは別に兵糧米を集めよと言われたらしい。織田と和議を結んだから、戦の無い分を兵糧米として納めろと言う」

そこで父が口を挟んだ。

「織田嫌いの将監様、臍を曲げて籠城していたんだ。兵糧米はただの言い訳だ」

「兵糧のことは本證寺にも通達されていて、守護不入を犯していると物議になっております」

「豆狸が……。何から何まで今川流の化け方じゃ」父が囲炉裏に向かって呟いた。

家康は領内統治を今川流儀に変えようとしていて、守護不入の扱いもその一つ。守護不入は徴税や警察権などの行使を禁じたもの。家康に言わせれば、兵糧と年貢は別ものとの見立てなのだろうが、戦も無いのに兵糧とは納得いかない、それが寺側の心情だ。弥八は昨年本證寺で見掛けた家康を思いだした。寺は頑固だと言っていたが、兵糧のことを打診していたのかもしれない。

「寺が門徒衆に檄を飛ばしましたから……一揆になるやもしれませぬ」

父はまた顎を上げる頷きをして、

「門徒商人は寺蔵を使っているからな」と声を返してくる。

守護不入は商人たちの隠れ蓑。家康は兵糧米を理由に寺社の権益を抜こうとして、そうはさせぬと寺も門徒衆に号令を掛けたのだろう。一揆とは一致団結の行動であり、百姓門徒も団結して兵糧米ばかりか年貢も賦役も受け付けないということだ。

年貢徴収は村主である弥八たちの仕事。米一握りでも足りなければ責を問われることになるが、一揆となれば徴収どころではない。

村衆相手に戦うか、村衆とともに戦うか、どちらかを選ばなければならない。

「どうするのです？」

これを訊くために弥八は足を引きずり走ってきた。きっと西三河中の家で、今、同じことを話し合っている。

「本多の寄合でな、宗家の平八郎から話があった」

父は面白くも無さそうに話しだす。

「宗家は岡崎の松平に付けと言う。今川から三河を守るには、松平を領主として盛り立てねばならぬ、とな、偉そうなことをほざいたわ。そこでわしの腹は決まった」

弥八は身を乗り出して次の言葉を待った。父のことだ。若輩の平八郎の言うことなど聞かないだろう。しかし先の戦以来、将監も嫌っている。〝さて、どっちが嫌いだ？〟と見つめると、いつものように偏屈の声を出した。

「お前たちも自分で決めろ。親子とて所詮は他人じゃ。戦場で見《まみ》えれば殺し合うこともある」

「他の本多家はどうされると？　寄合での風向きはどうだったのでしょう？」

「知らぬ」と横を向く。腹が決まれば誰の声も耳には入らない。それが〝偏屈の弥八郎さあ〟だ。弥八は父の話も含め、もう一度考えてみる。

将監が反旗を上げれば吉良も立つだろう。他の小領主も同調するかもしれない。何と言っても真宗門徒の力は絶大だ。真宗諸寺の蔵は廻船や問屋ばかりでなく、みおたちのような小商いの資産や資材も納めている。寄進という形を取って保護と年貢免除の恩恵を受けているのだ。そして僧門のつながりで物を銭に、銭を物に変えることができる。領主への年貢も寺へ納まり銭に変わり、松平家も利殖の元手として納めている。矢作廻船が止まって一番に困るのは松平家なのだ。

商人も百姓も領主も、寺の蔵を通して皆がつながり、そして弥八もみおとつながっている。

「俺は将監様に付く」

弥八の声に父は顎を上げて応えた。良いとも悪いとも取れる顔。

「おらは……」と三弥。

「おらも将監様だ。宗家の平八郎と戦ってみたい」

三弥らしい。血縁も仏縁も関係なしだ。

父は詰まらなそうな顔をして、

「なんだ。みんな同じか」と、また偏屈の声を出した。

二

霜柱の立つ田んぼで侍たちが戦っている。

朝靄《もや》に男たちの白い息が散り、朝日に影が踊る。戦いは押せば引き、引けば押しと、繰り出す槍刀が煌《きら》めくばかりで本気で戦う気配はない。

足の悪い弥八は陣立ての内側に居た。

太鼓を叩いて掛け声を上げ、射掛けられた矢を集めて弓で射返したりと、陣内でもなにかと忙しい。法螺《ほら》の音が響いて朝の戦の終わりを告げると、急いで火に薪《まき》を足して朝餉《あさげ》を温め始めた。

酒井将監が乱を起こして四ヶ月。父の弥八郎は将監館でも偏屈を出してどこかへ行ってしまい、今は三弥と二人、他の本多衆と戦場を回る毎日だ。何度か大きな戦もしたが、最近は今朝のような小競り合いを繰り返すだけ。

正月も過ぎて田も緩み、泥に足を取られるからと、両者申し合わせたように朝の戦になっている。

〝腹が減った。腹が減った〟

口々に言い合いながら、侍たちが火の回りで暖を取る。蕎麦がき汁が温まるのはもう少し先。

「佐吉が居たな」

火に向かって誰かが呟いた。

「惣兵衛も左衛門も居た」

皆、昨日まで一緒に戦っていた者たち。

「戦はな、寝返り者を前に出して戦うものじゃ」

惣兵衛たちは昨夜のうちに将監屋敷から姿を消していた。

「昨日まで一緒に戦っていた者と刀を交えるは嫌なものだ」

「それが戦の定法よ。こちらの戦意は萎えるし、寝返り者の肝試しにもなる」

「あいつら、嫌なことをする」

「こっちだって百姓を使って嫌がらせをしたじゃねえか。お互い様だ」

話はそこで途切れ、皆黙って鍋を見つめている。

三河一揆は初めこそ門徒衆が岡崎城に迫ったりしたが、一度大負けしてからは意気消沈して城や寺に籠《こ》もっている。

百姓は米を生み出す貴重な資財、殺せば年貢が取れなくなる。それを知っている百姓が強訴を掛けたが、松平の強気に困惑しているようだ。将監側も百姓を前に出して戦い、相手の躊躇《ちゅうちょ》を誘っているが、ここのところ集まりが悪く、今日は一人も現れなかった。

「弥八さあ、百姓たちはどうした？」と三弥の考えなしが訊いてくる。

弥八は後方で戦の差配や兵站《へいたん》を担当していて、百姓集めも弥八の仕事。どう言おうかと目を向けたが、三弥は百姓より汁の煮え具合が気になるようで、鍋を丁寧にかき混ぜている。

「今朝は誰も来なかった」

弥八の応えに周りの者が目配せをする。すでに門徒衆の噂は広まっていて、知らないのは三弥くらいのもの。

真宗門徒側が和議を進めているとの噂。松平の流言だろうと言う者も居るが、弥八はみおから本證寺で行われている和議の進み具合を聞いていた。

「門徒衆なぞ、端《はな》から当てにはしておらん。我らは我らの戦をするまでじゃ」

年寄り武者が声を上げると〝そうだ。そうだ〟と空元気を出す者、頷く者。

座が緩んできて、蕎麦汁の湯気も立ってきた。蕎麦がきを煮込んだだけの塩汁だが、冬の朝はこれが一番だ。緩んだ蕎麦がきが喉奥をとろりと落ちていく。

弥八は汁のとろみを啜りながら、侍たちの様子を窺《うかが》っていた。

宗主の居ない庶家は守りに弱い。その気息を測ったかのように松平からの懐柔があり、本多党への説得も宗家の者たちによって行われていた。弥八たち偏屈一家は歯牙《しが》にも掛けなかったが、他の本多家は相当に揺らいでいるようだ。

〝弥八〟

隣村の本多者が袖を引き、目配せしてから武具を片付けに行く。弥八も薪を抱えて立ち上がった。

武具置き場で背中合わせになると、

「今夜、宗家が来る」本多者が囁いた。

弥八は頷きを返すが、内心はうんざりだ。父と三弥を説得しなければならない。あの偏屈たちを連れていくのは一苦労。父は姿を消しているし、三弥は見張っていないと何をするか分からない。

「惣領が来るらしい」

弥八は目を上げて振り返った。今度は相手が頷く番だ。

今までの説得は宗家の家令か縁者だったが、惣領が来るとなれば何か重要な話を持ってくるのだろう。しかし中途半端な話なら、下手をすれば惣領の平八郎は首を掻《か》かれることになる。

——果たして来るだろうか？

来なければ来ないで、今夜の会合は荒れることになる。会合が紛糾して刃傷沙汰になったという話は何度も聞いていた。そうなれば三弥を抑えることはできなくなる。血刀を持った三弥を思い浮かべ、思わず身震いが出た。

「今夜、亥《い》の刻（午後十時頃）にいつもの場所だ」

相手はそれだけ言うと離れていく。

――平八郎か……。

〝考えない〟と言っていた。考えずに図体ばかりが大きくなった男だ。宗家の威光で何を言うか、それとも己の力瘤を頼って何をするか。どちらにしても碌《ろく》なことはない。

考えなしの三弥や平八郎にもうんざりだが、そんなことを考えている自分にもげんなりだ。

平八郎は来た。

いつもの神社裏での密会だが、宗家家令の後ろに大男が腕を組んで座っている。顔を隠しているが平八郎に間違いない。一年でまた大きくなったようだ。背ばかりでなく横も太くなっている。家令が戦の状況を説明しているが、その間も集まった本多者を睨《にら》みつけていた。

皆は庶家の順に席を占め、弥八の横にはどこから来たのか父が当たり前のように座っている。弥八も他家の手前、気にする素振りを見せずに三弥とともに横へと並んだ。

「百姓らは借料棒引きの徳政発給で納得したぞ。百姓が田仕事を始めたら、お前たちも戦をしているわけにもいくまい。田起こし時期も迫っている。そうだろ？」

徳政令は領主が命じる債務免除の法令だ。商家や蔵商いの寺は甚大な被害を受け、矢作川の海運業は立ち行かなくなる。金融資産を自分で潰すようなもので領主にとって劇薬の処置と言える。それほどに家康は追い詰められていた。

「本證寺はどうなるのでしょう？　商人は？」弥八が控えめに尋ねると、

「そんなこと、我らには関わりあるまい。将監殿も僧門衆とは一線を引いているのだろ？　それならどうなろうと関わり――」

「無くなるぞ。寺も商人も追い出すことになる」前に座る平八郎が声を上げげた。顔隠しから目だけが弥八を睨んでいる。

「お前が言ったことだ。覚えているか？　殿は腹を括《くく》ったぞ」

覚えている。本證寺で家康へ答えたこと、情景とともに思い出せる。

〝一人一人が仏につながっていますから頑固なのです〟

〝相手が己の道を行くなら、こちらも己の道を行くだけ。斟酌とか説得は通じないから、ぶつかってから折り合いをつけるだけ〟

弥八がもの思いに囚われている間に、皆が騒《ざわ》めきだした。何のことか分からないと、目を見交わして小声で囁き合っている。

「静まれ。これからが大事じゃぞ。そのために平八郎様にお越しいただいた。皆、心して聞くのだ」

家令が向きを変え、頭を低くして促した。

平八郎は男たちの顔を眺めるだけで、なかなか口を開かない。皆、平八郎と目が合うと宗家庶家の

習いでつい頭を下げてしまう。頭を下げないのは父と三弥くらいのもの。一渡り眺めてから、

「どいつもこいつも、本多顔をしているなぁ」と呟いた。

その言葉で顔を見合わせ、互いの芋顔に笑いを交わす。不思議なものでそれだけで本多党の血が目覚め、小僧としか見ていなかった平八郎を宗家当主として見上げる姿勢になっていく。皆の視線を集めて平八郎が口を開いた。

「殿の言葉を伝えに来た。皆、心して聞けい」

声を溜めてから一気に言葉を連ねていく。

「帰参すれば罪には問わぬ。そればかりか殿の直参として新たに取り立てるとの仰《おお》せじゃ。どうだ？俺ではなく、殿のご支配になるのだぞ」

〝どうだ？〟と言われても飲み込むには大き過ぎる言葉だ。各自が飲み込んで腹に納めてから、じわりとその意味が染み出てくる。顔を見合わせての囁きが笑みになり、笑いがどよめきに変わっていった。

弥八たちは侍とも言えず百姓でもない、中途半端な立場なのだ。だから侍扱いをする酒井将監に与したが、家康の直参なら将監より格上の扱いになる。

これも本證寺で家康に話したこと。

〝真宗は門徒すべてが直臣扱い。お殿様が本證寺に勝りたいのなら、俺たちを直臣にすればいい〟弥八の言ったままを行っている。自分の戯言《たわごと》が形となって示されたことに腹の底が熱くなり、嬉しいのか恐ろしいのか分からずに身を硬くする。

すると横の父が急に立ち上がった。

見上げると顎を何度も突き出している。頷いているのだが他家の者には分からない。偏屈が何か言うぞと興味の目を向けるので、弥八は気が気ではなかった。

父は金壺眼で平八郎を睨み、

「それなら、わしとお主とは同格なんだな」と唸る。

家令が身を乗り出して、

「直臣でも同格などではないぞ。まあ、平八郎様の与力というところじゃ。寄親寄子《よりおやよりこ》と言うてな、普段は寄親である平八郎様のご支配じゃ。殿様へ言上《ごんじょう》できるは――」諫《いさ》める口振りに、

「だが、同じ直臣だ。不満があれば岡崎の狸に言えるんだな」と父は家令ではなく平八郎へ顎を向けた。

〝狸とは岡崎のお殿様のことか？　なんと無礼な――〟家令の叱り声に周りの者から笑いが起き、それをまた家令が叱ろうとするところを平八郎が遮って、

「ああ、そうだ。お主の言うとおり」と唸ってから言葉を足す。

「しかし、俺という笠が無いからな。直《じか》に雨や雷が降ってくるぞ。ここに居る皆が競争相手だ。偏屈などを言っておればすぐに蹴落とされる」

「望むところだ」

「それならお前はこちらに同心するのだな」

将監から家康への寝返りを同心という言葉で表し〝ほかの者はどうだ？〟と目を遣《つか》う。

不思議なもので、偏屈の父が合点したことで、家康へ向きかけた皆の気持ちが滞りだした。父と同じならば常識外れの偏屈行為かもしれぬ、と思案顔で囁き合っている。それほどに父の偏屈は信頼がある。

「どうなのだ？　この機会を逃せばもう声は掛からんぞ。さあ、どうするのじゃ？」と家令が急《せ》き立てる。

〝うーん〟と皆が決めかねていると、今度は三弥が立ち上がった。父と同じように顎を突き出している。

「こちらに付くのじゃな？」と家令がほくそ笑むと、

「そうじゃあねえ。おらぁ、言いちゃあことがある」

――三弥も偏屈を言い出すのか？

父と三弥、棒のように突っ立つ偏屈顔に挟まれて、弥八は頭を抱えたくなった。

「おらぁ、平八郎さあと戦いたかった。どっちが強いかだ。だから残る」

家令が呆れ声を上げる前に平八郎が、

「それならここでやるか？」と立ち上がった。

〝おう〟と三弥が刀を掴むと、家令が前を塞いで、

〝刀はいかん。いかんぞ。私闘だぞ。それはいかん〟と騒ぎ立てた。

「それなら……、相撲でどうだ？」と平八郎。

「おう、何でもいいぞ」三弥は小袖短袴を脱ぎだした。

「俺が勝ったらお主は俺に付く。お主が勝てば……好きにせい」平八郎も小袖から肩を抜く。撚り合わせた肉筋が肩や胸回りに盛り上がり、鍛錬の具合がよく分かる。

男たちが声を上げて周りを囲むのを、

「これ、騒ぐな。これは秘した寄合ぞ。騒ぐでない」と家令が叱りつけている。二人ともに腰に荒縄を巻いて組み合った。平八郎は十七とは思えぬ体付き、三弥よりひと回り大きく見える。三弥も百姓仕事で鍛えた体だ、木の根のような足腰をしている。

行司役の家令が両者の腰を叩いて相撲が始まった。

平八郎が右に左に腰を振るが、三弥はそのたびに腰を落として踏ん張り、投げを打とうとする。そこを堪《こら》えて平八郎も踏ん張った。何度か投げ合い、踏ん張り合いがあったが両者ともに力で堪え、また元の組合いに戻っていく。そのまま引き付け合いになり、二人とも動きを止めて肉筋を盛り上げる。力瘤を震わせる二人。周りの者も息を詰め、一緒になって体を震わせる。肌に赤みが差し、夜の冷気に湯気が立つ。

平八郎の力が優ったか、じりじりと三弥の腰が引き付けられていった。見ている者も力が入る。〝三弥〟〝平八〟と声を掛けるが、そのたびに家令が黙れと睨みを利かす。

不意に腰を寄せた三弥が、投げを打つと見せかけて足を掛けて体を預けた。踏ん張る平八郎は巨木のように倒れていく。それでも倒れる前に三弥の体を持ち上げ投げを打ち、二人一緒に倒れていった。

〝どんっ〟最後まで手を放さずに大男二人が地鳴りを上げる。

一斉に家令を見るが、首を捻ったまま難しい顔。

「おらの勝ちだ」と三弥が吼《ほ》え、起き上がった平八郎も荒い息で、

「お前の勝ちだ」と負けを認めた。

皆が三弥の体を叩きに来る。相撲は神事であり、神が宿った体を触ればご利益がある。三弥ばかりか平八郎も叩かれて、それほどの接戦だったのだ。

「おらは」と三弥が声を上げるが、荒い息で言葉が続かない。平八郎が〝約束だ。お前の、好きにしろ〟息の合間に声を出した。

「おらぁ、お前の寄子になる」

顎を突き出し、三弥が言う。

周りの者は一瞬静まり、すぐに声を上げて三弥の体を叩きだした。家令が何を言っても聞く耳持たぬ、と平八郎へも叩きに行き、

〝俺もなるぞ〟〝俺もだ〟と声を掛けていく。相撲の熱気に浮かれながら、それでも皆の顔に安堵がある。

弥八は苦い顔で事の成り行きを眺めていた。

結果的に父が寝返りの道を示し、三弥が皆の背中を押した。偏屈の二人が寄合の流れを作ったと言える。

そして家康が各家に属していた武士を直臣化して切り崩したのだ。これも以前話した〝門徒はひとりひとりが仏とつながる〟の真似と言える。門徒が仏につながるように三河の侍も家康につながる。そうすれば将監のような小領主は立ち行かなくなるだろう。

各家の惣領を土地から引き離し、その下で働く弥八たち地侍を直臣化する。穿《うが》った見方をすれば、土地からも血族からも引き剥《は》がして、すべての者を自分の支配下に置こうとしている。

——俺はどうする？

理に聡《さと》く、先の先まで見えてしまう。だから他人の右往左往が馬鹿に見え、ひねくれ捩《ね》じれて離れていく。今もそうだ。疑いを持たずに、犬のように主の前を走るのが家臣の役目。父や三弥のような偏屈という愚直さを弥八は持ち合わせていなかった。

——将監より家康が大きいなら、仏とつながる門徒はもっと大きい。それなら俺は真宗寺を守る寺侍になろう。

不意に決心した。

それが父や三弥の愚直さへの嫉妬なのか、先ほどから目を向けてくる平八郎への対抗心かは分からないが、浮かれ騒ぐ本多衆をよそに弥八は違う方へとひねくれていく。

「弥八郎さあ、どこに居たんですか？」

寄合の後、弥八は父と二人だけになるのを待って問い掛けた。

「うむ……」

答える気はないようだ。

「岡崎ですか？」

「……」

父は横を向いたままだが、弥八は偏屈顔を読むことができる。

「岡崎城から平八郎と一緒に来たのですね」

「頼まれたから来た。あいつの手下として来たんじゃない」

やはりそうだったか。寝返り説得の手助けに呼び出されたようだ。

「今は何をされているのですか？」

「鷹だ。鷹の世話をしている」

よくよく聞いてみると、父は家康の鷹匠《たかじょう》になっていた。一揆が起こって将監に付いたがすぐに岡崎へ寝返り、しかし岡崎でも偏屈を疎《うと》まれて、やっと見つけた役目が鷹だったようだ。

「駿府で鷹狩《たかがり》を覚えたそうだ。誰？　岡崎の狸、そう、家康だ。偉そうなことをほざくが、鷹のことは何も分からぬ奴じゃ。今ではわしが教えている。鷹はいいぞぉ。人の言うことを聞かん。わしもな、鷹の言うことを聞かんようにしている。我慢比べだ。この我慢比べが面白い」

〝面白い〟という口調がいかにも楽しげで、父の顔を見つめ直した。金壺眼のいつもの顔、鷹に似ている気がする。この顔で睨まれたら鷹も偏屈になるだろうな、そんなことを思っていると、父と鷹、偏屈同士が睨みあっている図が浮かび、弥八は思わずほくそ笑んだ。

「その狸がなぁ、鷹匠の街を作ると言うんじゃ。今ではないぞ。そのうちにじゃ。そういう街があったら面白いぞ。狸と一緒にあれこれ話している」

これは弥八を岡崎に誘っているのか、と考えて、

「俺は寝返りませんぞ」と言ってみる。

偏屈顔が見つめ返してくる。無表情な目につい言い訳をした。

「俺は婿に入るつもりです。以前から話している本證寺に寄っている商人ですが、弥八郎さあにも会っていただきたい」

「お前の嫁だ。わしは会わんでいい」

思ったとおりの返事。それならば、と弥八は自家に関わる話を始めた。

「本多の家ですが、俺が抜けるとなると、三弥に〝弥八郎〟を継がせてはどうでしょう？」

弥八郎は本多の嫡子名だ。弥八の兄も他家の養子となり、弥八が弥八郎を継いだ経緯がある。

「お前は弥八郎が嫌か？」と平坦な声で訊いてくる。好きも嫌いも無い。これは本多の嗣子の話。

「嫌でないなら、このままでいい」

本多の家から追い出したりしないとの意か、それとも面倒なだけか。面白みの無い、いつもの顔で顎を突き出している。

「それでは、これで親子別れですね」

弥八は思いを込めて頭を下げた。

「……」

顔を上げると父の姿はなく、弥八の前には夜闇だけが広がっている。父を探して闇を見つめると、遠くで鳥声がした。

久しぶりに訪れた本證寺は以前とは変わっていた。

蔵番も変わり、行き交う者たちも知らない顔ばかりで、気もそぞろに急ぎ足で通り過ぎていく。境内には筵《むしろ》小屋が建て掛けてあるが、人の気配はなく大半が潰れかけていた。読経の声も焼香の匂いもなく、寺全体が荒れた気配に覆われている。時折、戦場特有の腐臭がまとわりつき、見れば筵小屋に傷病者が寝かされていた。

死の臭い、負け戦の臭いだ。

門番に教えられた講堂に入ろうとすると、中から怒鳴り声が聞こえてきた。

「川の流れがどうこう言われても、わしには分からぬ。お前たちで適当に考えろ」

「決めるのはあんたたちの仕事だ。おらたちじゃねえ」

「そうだ、そうだ。おらたちは水路掻きだ。水配分は決めてもらわにゃ、何もできねえ」

四、五人の短袴の作事者が侍姿の男に言い寄っている。弥八はこの侍を頼って本證寺に来た。

「夏目様――」

皺枯れた顔が弥八に向き、睨み見てから渋い顔を作る。

「そこで待っていろ。すぐに行く」言ってから、作事者たちとまた怒鳴り合いを始めた。

弥八は外に出て境内を眺めてみる。

以前と違って何かよそよそしい。何が違うのかと考えて、すぐに思い当たった。

僧侶が居ない。音もなく動く墨染め衣が見当たらず、代わりに素性の分からない者たちが行き交っている。

――あいつらから見れば、俺も素性の分からない者か。

弥八は胴丸に鋲打ち衣、肩当て前垂れの戦拵えのまま将監館から移ってきた。

堂中での怒鳴り合いが収まると、夏目がずいと顔を出す。弥八を睨んで、

「弥八、なぜここに来た。また偏屈か？　今度ばかりは偏屈じゃあ済まないぞ。なぜ本多の親父と離れた？　仲違いか？」と矢継ぎ早に問い掛けてくる。

ずっと着たままなのだろう、薄汚れた焦げ茶の素襖に頭に載った布烏帽子は、夏目の体の一部のように皺枯れていた。

夏目次郎左衛門吉信は野羽城《のわ》に籠もった一揆衆だったが、仲間の寝返りで捕らわれ、今は家康方となって本證寺と和議交渉を行っている。松平の譜代衆にもかかわらず、腰の軽さと世話好きでどこにでも顔を出す。真宗門徒にも地侍にも顔が利き、それを見込まれて松平からの和議取次役となっていた。

弥八が将監館を離れた経緯をあれやこれや聞き出して、

「女でしくじったか。婿に入る？　それをしくじったと言うんじゃや。本多を捨てるのか？　捨てるわけじゃないのか。それなら婿ではないぞ。嫁を連れて家に戻ることもできる――」と口喧《やかま》しいのが玉に瑕《きず》。

「俺は門徒として生きると決めたのです。嫁は口実です」

「口実で嫁を取るのか？」

「いけませんか？」

口を噤《つぐ》んで睨んでくる。赤銅色の皺顔は実際よりもずっと年寄りに見え、よく光る眼で弥八の腹の

内を探っている。喋ればうるさいが、黙れば黙ったで鬱陶《うっとう》しい。

「まあ、よいわ」と目を外し、

「お前の仕事は決まっている。そう、仕事だ。黒鍬衆《くろくわ》を使って水路の整備を行え。黒鍬衆は中にいる。さっき見ていただろ。あのうるさい連中だ。お前に任すからな。頼んだぞ」

田植え前には春掘りという水路掻きを行うのが常なのだが、一揆戦でところどころで水路が崩れていた。直すにも音頭を取る地侍はまとまらず、夏目の差配に任されることになったようだ。

「わしはな、そのようなことは分からんし、他にやることが山とある。お前はどうせ暇なのだろ？戦も無いし商いも当分はできんぞ。それならわしに力を貸せ」

返事も聞かずに黒鍬衆と引き会わされた。水の少ない知多《ちた》で培《つちか》った水回し術を使って、頼まれては作事仕事を出稼ぎする者たちだ。特に田に引く水路は速過ぎれば水が届かず、遅過ぎれば滞る。水路掻きには特別な技術があるようで、口々に水の量やら土の質、傾く角度などを話しだした。

夏目は困り顔の弥八を眺めてから、

「それでは頼んだからな」と楽し気に声を掛け、急いでその場を離れていった。


それから三ヶ月後。

弥八は水路の流れを見回っていた。

横に控える黒鍬者が何か言い、それに応えて水量の指示を出しては次の水路に向かっていく。付き従う黒鍬衆に話し掛け、誰かが冗談を言ったのか、皆が笑い顔になる。どこから見ても黒鍬の棟梁だ。

弥八はこの三ヶ月、ここに居る黒鍬衆と水路ばかりを掻いていた。

本證寺を中心とした真宗一揆と松平方との和議交渉が行われていたが、弥八は耳を塞ぐように黒鍬衆と仕事をした。水の取り回し術も見様見真似で覚えたが、分かってしまえばこれほど面白いものはない。職人たちが言い合う独特の言い回しも、原理が分かれば実に分かり易かった。手順が飲み込めれば指示も出せるし、そうやって弥八は水路掻きにのめり込んでいた。

その間に、真宗一揆は地侍や百姓、商人、僧侶と個別に切り崩され、今は弥八たち、逃げ損ねた小商人と寺務者だけになったが、その寺も破却することが決まり、残った者は本願寺の用意した船で長島や摂津へ逃げ出すことになっている。

弥八は田植えの済んだ水田《みずだ》に目を向けた。

初夏の風が渡り、稲葉を翻して光りの筋を作っていく。これから大雨日照りの心配、虫追い、夜盗への目配りもあるが、まずはほっと一息吐く景色だ。

畦道を横切って夏目が姿を現した。手を上げて弥八を呼んでいる。

黒鍬衆に声を掛けてから夏目の許に急いだ。

「何をしておる。今日は祝言だぞ」

本多の名を捨てたわけではないことを知った夏目に、祝言を上げろ上げろと口喧しく言われ、根負けした弥八は、夏目の立ち合いで祝言を上げることになっていた。

祝言と言っても夏目の前で盃事をするだけ、同席するのは病み付いたみおの父親だけの簡素なもの。それでも夏目は酒や魚を持ち寄って、なんだかんだと騒いでいる。

「こういうことは形が大事なのじゃ。お前も三河の侍だ。犬や猫とは違うのだぞ」

弥八の引きずる足運びに合わせ、隣で説教し続けている。

「黒鍬者と水路を見回っていたのです」

「お前を黒鍬に引き合わせたのは当たりだったな。しかしこれほど上手くいくとは思わなんだ。あのような作事術者は面倒で敵わん。偏屈者ばかりだ。その点、偏屈本多のお前が合っていたのだ。なんだ？　怒ったか？　褒めているのだ。お前は人使いが上手い。本当だぞ。自分のことは自分では分からぬものだ。お前には人読みの才がある。わしが言うのだから間違いない」

一つ言い返せば十は返ってくる。

「松平は戦侍ばかりで知恵者が居ない。見渡してみろ、そうだろ？　なんだ？　わしか？　お前も世辞が言えるのか。わしはなぁ、人に甘い。それで物事を割り切れんのだ。その点、お前は人を食ったところがある。貶《けな》しているのではない、褒めているのだ。どうだ？　松平に戻る気はないか？」と、いつもの話をぶり返す。

「と、本多宗家の平八郎に言われたのですよね」

弥八の言い返しに睨み返してくる。なかなかの目付きだ。

「お前は殿様と話をしたそうだな。そのこと、平八郎から聞いた。何か難しい話をしたそうな。そういう話のできる本多者が欲しいと言っている。わしもなぜお前のような臍曲がりを、と思うたわ。しかし仕事をさせてみてよく分かった。お前には才がある。そういう顔をするな。だから臍曲がりと言われるんだ。自分の才を認めろ。お前は人の考えが読める男だ。それを当たり前だと思っているのだろ。そうではないぞ。お前の父を見てみろ。人のことなど考えたこともない。あいつは極端だが、まあ多かれ少なかれ人は皆そうだ」

人の考えが分かることが弥八の才ということらしい。なんの役にも立たぬ才、うるさくて敵わない。だから弥八はひねくれになった。

「思うに、殿様に似ている。あのお方も人の心音《こころね》が聞こえると言われる。駿府の人質生活で身に付けたようだが、そういうご自身に腹を立てられる。だからわざと嫌味を言う。そういうところがお前と似ている。怒ったか？　もう一つ似ているところがある。それはな、人のことばかり気になって、自分が分からないこと。他人の声は聞こえるのに、己の声が聞こえない。どうだ？　違うか？」

――己の声。俺は何をしたいのだ？

疑問とともに家康の狸顔が浮かんでくる。〝さもしいぞ〟あの時、家康は弥八の心を読んだのか。

「己の気持ちを読み解く者。そういう者が殿の近くには必要なのじゃ。分かるか？　どうだ？　戻ってこぬか？」

夏目の心根が響いてくる。良いお方だ。

弥八は夏目に向かう気持ちに竿をさし、ぐいっと捻って向きを変えた。

「寺を破却すると聞きました。破却は黒鍬衆がするんでしょう？　その指揮を俺に取らせようとのお考えでは？」とひねくれを言うと、

「お前のそういうところ」と指を上げ、

「そういうところをわしは言ったのだ。相手の腹を読んですぐに言い返す。それがお前の才。村内で

は嫌われ者でも、他国との駆け引きではその才が役に立つ。分かるか？」

〃分かりたい〃と腹底から叫びたかった。

そう言ってくれる夏目も有難く、そのまま頭を下げたい心持ちになるが、家康の狸顔が目に浮かぶ。

腹鼓を打ちながら〃さもしい〃〃さもしい〃と謡っている。

「地侍が偉そうなことを言えば物欲しそうに見られるだけ。それは〃さもしい〃そうです。この水路と同じ。隣近所と水を分け合い、己の分を守って並んでいる。それがこの土地で生きる道。己を通せば偏屈者と言われるだけなのです」

「それで本願寺の寺侍になるのか？」

いつの間にか、寺まで来ていた。門前でみおが待っている。

「己の才覚だけが頼りの黒鍬者や商人が俺には向いている。そういう者たちが集まる場所が真宗本願寺なのです。そのように考えるようになりました。夏目様のご厚情は有難く思っておりますが、こればかりは……」

「お前の言うこと、分からんでもないが、世の中も変わるぞ。御一門や宗家分家では立ち行かなくなるが……、まあ、よい。お前は観音を見つけたということか」とみおに手を振って、

「あの観音もな、お前の心音が聞こえるようだ。そしてお前は聞いてほしい。自分には聞こえぬ心音をな。そうだろ？　いい夫婦になるぞ。わしが言うのだから間違いなし」と笑い顔を作り、

「気が変わったら戻ってこい。そのこと、忘れるな」と囁いてから、〃さあ、さあ、祝言だ。祝言だぞ〃と声を上げる。その声にみおが恥ずかしそうに袖で顔を隠した。

夏目は手足を動かし、田楽踊りの真似をする。

三河では祭事や祝い事で謡に合わせて田楽を踊る。三河万歳《まんざい》とも言われ、剽軽《ひょうきん》な手振りで笑いを誘う。しかし夏目は生真面目に長い手足で型を作るので、ぎくしゃくと案山子《かかし》が踊っているようだ。

「夏目様、皆が見ております。お止めください」

「何を言うか。祝言には田楽を踊るものだ。さあ、お前も踊れ。お前の祝言だぞ」

無理やり踊らされた。片足で跳ねるから、神楽舞いのようになる。

「お前、なかなか筋が良い」と今度は謡を唸りだし、みおが手で拍子を付ける。

夏目は夏目なりに弥八たちの門出を祝おうとしているのだ。それが分かるのに素直な言葉が出ず、弥八は片足跳びを繰り返していた。

朝霧の中を、弥八たちの乗った川舟が流れに沿って漕ぎだしていく。

舟にはみおたち親子と同じような商人家族たち、そして寺男たちでひしめいて、手元の荷物だけを抱えてここ三河から逃げ出すところ。

弥八が本證寺に与したときにはすでに和議が進み、寺存続に関する条件交渉になっていた。

三河一揆と呼ばれる戦いは、矢作川流域の財力と門徒百姓、そして個別に立った地元小領主の武力で優位に進んだが、寝返り者への徳政発給により百姓や地侍たちは骨抜きにされ、貸借で銭を回す商人を混乱に陥れた。真宗寺院は敗戦交渉を行ったが、目端《はし》の利く廻船問屋や大商人は見切りをつけて逃げ出し、行き場のない小商人だけが寺にしがみ付いていた。

弥八たちも寺に居続けていたが、ついに寺の破却が決まり、仏縁を頼って摂津の石山本願寺へ逃げ出すことになった。まずは僧籍者や寺侍たちが逃げ、みおたち小商人たちは最後の船に回され、このような川舟で河口まで流れていき、弁才船に乗り換えることになっている。

川霧が薄れ、岸の向こうに広がる青田が見えてきた。早起きの百姓が田の草取りでもしているのか、ぽつりぽつりと影を落としている。急がねばならない。寺からの落人なら、盗み狼藉誘拐《ろうぜきかどわかし》、何をやっても許される。

腰を屈め、それでも三河の田を眺めていた。

村総出の田仕事と、そのたびに行う祭り神楽に田楽、年貢集めに汗をかき、戦のたびに敵が変わり、相手が誰かも分からずに走り回っていた。二十七まで俺はここで何をしていたのか。

偏屈相手に右往左往して、世の理が分かれば分かったで世間相手にひねくれて、足掻《あが》けば足掻くほど外れていく。

〝さもしいぞ〟家康の呟きが聞こえてくる。

俺は小賢《こざか》しいのだ。小賢しく偏屈を馬鹿にする。巌《いわお》のように信じる偏屈を理解できずに、己自身と向き合うことを避けていた。

――俺は偏屈になりたかったのか。

笑いがこみ上げてきた。本当に笑ったのかもしれない。みおが気遣わし気に手を握ってきて、見下ろせば黒い目が心配そうに見つめ返してきた。解《ほつ》れ髪が朝日を受け、川風に揺れている。

大丈夫だ、と目で頷き、そのまま舳先に向けた。遠く河口には弁才船が霞んでいる。

――偏屈になってやる。南無阿弥陀仏の道を、愚直に信じる寺侍になってやる。それが、それが俺の偏屈だ。

三

三河を離れて八年。元亀三年（西暦一五七二）春も盛りの頃。

甲斐の名刹《めいさつ》、恵林寺《えりんじ》の境内を、弥八は一人で歩いていた。

長く延びた石畳は広い石段につながり、その先には黒々とした本堂が大きく廂《ひさし》を広げている。屋根瓦が春の陽射しに白く輝き、本堂両脇には梅の古木が青い葉を、境内にはよく剪定された木々が濃い影を落としている。木の間を鳴き交わしていた鳥が背後の山へと飛んでいき、見上げれば新緑の山。寺は春の息吹に包まれていた。

鳥の声に重なり、読経が聞こえてくる。

一人の男が本堂横から姿を現し、弥八を認めると石段を駆け降りてきた。足運びに調子があり、パタパタと走り来てから小さく腰を折る。

「躑躅《つつじ》ヶ崎のお館から来られた本多様でございますな」

弥八の頷きに、顔も上げずに言葉を続け、

「土屋長安《つちやちょうあん》にございます。以後、お見知り置きを」と顔を上げた。三十前の若々しい顔。三弥と同じくらいか、と長らく忘れていた弟の顔を思い出した。

「ご到着を寺の者へ知らせてまいりますので、暫《しば》しお待ちを」と人好き顔を残して離れていく。

愛想の良いところが三弥とは違う。

三弥の顔は思い出せるのに、みおの顔が思い出せない。縮れ髪に尖った顎、細部ばかりが目に浮かび、顔全体につながらない。弥八は目を瞑《つむ》り、みおとの生活を思い出そうとした。

三河を離れた後、義父は船旅が祟って摂津に着くと同時に亡くなり、弥八は石山本願寺の寺侍としてみおと二人、夫婦暮らしを始めた。しかしそれも一時で、織田方との戦が始まると門徒衆の指揮を執って各地に転戦していき、久しぶりに家に帰るとみおは居なくなっていた。戦の状況で移住させられたかと辺りを尋ね回ったが、経緯を知る者は誰も居らず、みおはそのまま行方知れず。

その後は思い出したくもない、悪夢のような日々だった。

読経の声が羽虫のように耳元に付いて離れない。頭を振って、梅に止まる鳥を眺めていた。ムクドリなのか忙しなく鳴き交わしてから声を止め、一斉に空へ舞い上がっていく。鳥とともに思いを追い出し、今はお役目だけを考えることにした。

弥八は加賀一向衆として上杉方と戦い、書状使者として訪れた武田家で信玄に見込まれ、そのまま側《そば》者として仕えている。見込まれたと言っても徳川の元家臣と知った信玄に、調略者として使われていた。

武田信玄は弱体化した今川氏真《うじざね》を攻め、駿府を占領して西へ侵攻していき、同じように遠州を手中にした徳川家康と大井川を挟んで対峙している。

　徳川の後ろ盾は織田信長。だが今は、石山本願寺との争いや浅井朝倉との抗争で東奔西走、とても徳川の手助けなどできる状況ではない。その隙に武田は遠州への侵攻、徳川との戦準備を始めていた。

　弥八も徳川者調略のため、仏像寄進を名目に徳川領へ向かうよう、躑躅ケ崎の信玄館からここに遣わされていた。

　長安と名乗った男が戻ってきて、

「どうぞ、こちらへ」と寺務堂へと誘う。

「如来像はできているのか？」

　弥八は自分の思いを切り、長安に尋ねてみた。

「金箔を貼りまして、それはそれは輝くようなお姿で。今、あのようにお経をあげて、魂を入れているところ」と本堂へ腕を振った。所作のひとつひとつが芝居じみている。

　この男も信玄のお側衆だ。

　お抱え猿楽師の息子だが、金山方として鉱山開発や勘定方の見回りを行っていると聞く。金山は山中での人足作業、闇取引や不正行為が横行する。この男はそれらを調べ報告する、信玄個人の内部密偵だと聞かされていた。

「私の仕事は山の中ばかりですから、このようなお仕事は有難いのでございます」

　長安は如来像を彩る金箔調達でこの仕事に関わっている。工作資金の甲州金も厨子《ずし》に隠すため、武田領を通る間は同行することになっていた。

読経は続いている。

弥八は長安の誘いを断って、本堂手前の石段に腰を下ろして待つことにした。陽を受けて鳥の声を聞いていると、体の隅々が緩んでくる。

「本堂へお上がりになりませんか？」

否を示してから、悪い方の足を揉んだ。

「寄進遣《つか》いの随風《ずいふう》殿もお経をあげていらっしゃいますよ」

弥八は応えずに目を瞑ったままでいる。

「本多様は一向衆でしたな。他宗とは関わらない、そういうことでございますか？　それにしても加賀の一向衆もたいしたものですな。この末法の世に、極楽浄土の国を作っておられる。周りの領主たちに伍《ご》して一歩も引けを取らない。いやあ、たいしたもの――」

長安の長話で思い出したくないことが浮かんでくる。

弥八はみおを見失ってから一揆の戦場を渡り歩き、いつしか加賀一向一揆へ流れていった。

本願寺の真宗と一向宗とでは宗派が違う。一向宗はひたすらに（一向に）念仏を唱えて浄土に向かう、寺も無い田舎僻地で広まった土臭い素朴な宗派だ。それに比して真宗は土地や血族に縛られず己の力で生き、念仏を唱えて一人で死んでいく、商人や工芸者などの町衆宗派と言える。

しかしそこは浄土宗の影響を受けたもの同士。門徒の社会は違っても一心に念仏を唱える形は同じであり、一向宗も本願寺門徒に組み入れられていた。

「極楽浄土をこの世に作られたのですからたいしたもの。聞いた話では門徒衆が村ごと来るとか」

〝極楽と思って来れば、出迎えた者たちに資財合切《がっさい》を取り上げられ、後は牛馬のように追い使われる〟

加賀での見聞きが浮かんでくる。

村人ごと売買に掛けられて、家族は離散し、好いた者同士も別れて、別れたら最後、どこに行ったか分からない。人が増えるから田んぼを求めて戦をし、仲間内でも殺し合う。それが極楽の姿だ。

言い返したくなる気持ちを抑えて黙っている。鳥の声も読経も聞かず、目を瞑ったまま石のように座っていた。

「本多様？　どうかされましたか？」

長安の声で気が逸《そ》れた。

肌寒い気候なのに背中に嫌な汗をかいている。手で首筋を拭ってから、

「お主の言う極楽をな、思っていた」言ってから薄く笑う。

「お笑いになりましたな。誰ぞ恋しい人でも思い出されたのでございますか？　これは怪しいですぞ」と囃《はや》し立ててくる。

弥八はいつもの臍曲がりやひねくれを言う余裕もなく、適当な相槌で方々へ話題が飛ぶ長安の話を聞き流していた。

すると背後に人の気配がする。

振り返ると墨染衣の若い僧。袈裟は無く、樫の実のような目をした小柄な男が笑い掛けてきた。

「これは随風殿。如来像への魂入《たまい》れは終わられたのですか？」

見れば本堂にはすでに人は無く、他の僧侶たちも本堂続きの回廊を帰っていくところ。

「魂入れとは面白い言い様ですね。確かに魂入れか。しかしこれは手始めでして、これから多くの信心をいただいてあのお像も育っていくのです」

抹香《まっこう》臭い話に弥八は横を向いた。

「あなた様が本多様ですね？　これは、これは――」と目を合わせたままお辞儀をして、

「面白いお方とお聞きしております。道中が楽しみ」と生意気な口を利く。

「臍曲がりとか、ひねくれとか言われている。お主も貧乏籤《くじ》を引いたな」と応えても〝籤引きですか〟と笑っている。

弥八はこの僧の素性も聞かされていた。

会津を領する蘆名《あしな》家の支流に生まれ、比叡山延暦寺で印可を得てからは、足利学校にて諸氏百家を究めたという俊才。若者のように見えるが齢は弥八よりも上のはず。

織田の比叡山包囲から高僧一行を助け出し、甲斐へと逃げ延びてきたらしい。乞われて信玄のお側衆に加わり、今回は如来像寄進の使者役を担っている。

この寄進は弥八の遠州へ潜り込む隠れ蓑。この僧が使者で弥八は随人、厨子を遠州まで運ぶことになっていた。

どれほどの者か、と足元から睨《ね》め上げてみる。

――家柄も、頭も良くて義心に満ちている。こういう輩《やから》は大概が頑《かたく》なか、狡賢《ずる》い。

弥八はいつもの無表情を向けた。

――俺の顔を睨み返せば頑な、笑いを作れば狡賢い。さあ、どっちだ？

僧は黒い目で覗き込んでくる。弥八も、僧の目に映る自分の顔を睨み続けていた。

黙ったままの二人を長安は大げさに見比べて、

「随風殿はですね、正月の法会で講義をされたのです。居並ぶ高僧を唸らせたというお方。あの時も籤引きで講師を当てたのでしょ？　籤運がお強い。そうでございましょ？」と調子の良いことを言う。

「貧乏籤だ。俺と一緒なら〝外れ〟だぞ」

「何を言われます。本多様は知恩報徳の国より来られたお方。いつも極楽を思い描いていると仰せられ、今もお念仏をお唱えのようでございましたよ」

長安の無駄口に言い返そうとして、いつもの声が聞こえてきた。

〝南無阿弥陀仏、なむあみだぶつ、なんまいだぁ……〟

いくつもの声が重なり耳元に迫ってきて、男も女も年寄り子供も、死んでいった者たちが次々と蘇《よみがえ》る。

「何が極楽だ……」

思わず呟いた。

「俺は誰も信じぬ。特に坊主の言うことは信じぬと決めている。だからお前らもそのつもりでいろ」

「本多様――」と長安の取りなし声に、

「本多も捨てた。弥八でいい。俺もお前たちを名前で呼ぶ。いいな？」とひと睨み。金壺眼で睨めば大概の者は口を噤む。

二人はどうしたものかと目を見交わし、そこで随風がひとつ頷いて、

「それでは長安と随風、あなた様は弥八郎様でいかがでしょう？」と平気な声を出す。

「〝様〟は要らぬ」

「弥八郎……か」と目をぐるりと回した後に、「いいでしょう」と笑いを広げた。

どうも面倒な奴だ。何かと吟味してくる。

長安の方は困り顔で、

「私は礼節が骨の髄まで染み付いた猿楽師でございます。どうか〝弥八郎様〟〝随風殿〟とさせていただきとうございます。よろしいですね。はい、それでは如来像の準備を整えてまいりますので、このまま暫し、暫しお持ちくだされ」と手で抑え、言い返される前に腰落ち摺り足で堂内へ消えていった。

二人になると話すことも無く、本堂の左右に配する梅を眺めていた。

一方は龍のように幹を捩じり、他方は地を這うように枝を広げる。龍虎のような武骨さだが、今は若葉を茂らせ小鳥を通わせていた。

「本願寺の様子は如何でしたか？」

随風の声に横を向く。

「私も織田に囲まれた比叡山に居ましたから大凡《おおよそ》は分かります」

〝分かるだと――〟また腹が煮えた。

「お前らは叡山に籠もっていただけだろ。本願寺や一向一揆は違う。次から次と門徒衆が集まってくる。それがどういうことか分かるか？」

随風の〝分からない〟の顔付きに、ぐつぐつと煮えてくる。

「それはな、無駄飯食いが増えるということだ。わざと囲いを解いて門徒を入れるのかもしれない。俺たち寺侍は門徒衆を〝仕分け〟する。男たちには竹槍を持たせ、その前を女や子供、年寄りを走らせる。戦の名を借りた口減らしだ。それがお前らの言う極楽の姿、分かったか」

朧げにみおの顔が浮かんできた。思い出すのはいつも笑い顔。

――あいつも〝なんまいだぶ〟を唱えたのか。

みおが消えた後、弥八は血眼になって探したが、三河からの移住者は残らず消えていて、詳しく訊くと弥八の居ない間に〝仕分け〟されたらしい。その先はどこへ行ったか分からない。

思い出を追い出そうと梅の木を見つめていた。

鳥が枝から枝へ飛び移り、するともう一羽現れて、二羽が追いかけるように戯れている。番《つが》いなのだろうか、鳴き声が聴こえてきた。陽射しが暖かく、顔を上げると本堂から香の匂いが流れてくる。

「ホオジロ、ですね」随風が鳥の名を言う。

黙ったままでいると足音がして、見れば長安が大きめの笈を運んできて、中には厨子があり黄金の如来像が納まっている。

「私が背負って運ぶのです」

誇らしげに言った後、厨子の美しさ、如来像の煌びやかさを並べ立てていく。隣の随風も負けずに言い返すから辺りが急に騒がしくなった。

――この二人と道中一緒なのか。

弥八は鳥のように騒ぎ立てる二人へ、うんざり顔を向けていた。

三人は富士川沿いを下っていく。

通る山沿いを見渡せば、畦で区切った水田が段々に重なり、山里の田植えは早く、すでに苗葉が並んでいる。

馬に乗った弥八を先頭に、空荷の随風と厨子笈を背負った長安が後ろに付く。何かと気の張る道中だが、武田領を行く駿河の湊までは気楽な道行きだ。川の流れや両岸に迫る山肌を眺めながら、鳥の声を聴き、時折見える富士の頂に随風と長安が競うように感嘆の声を上げていた。

随風は歩きながら経文を唱える。

声明《しょうみょう》と言うらしいが、高い声、低い声が重なって空に昇り、その声に和して鳥が集まってくる。聞きようによっては川のせせらぎとも、木々の騒《ざわ》めきとも、鳥声と相まって森山の音に聞こえてくる。

随風にそのことを言うと、

「声明と言っても、山修行で岩や木々に聞かせようと工夫した我流です。森の音に聴こえたなら仏心があると言うこと。いや獣心かな」

「声明だったのですか。私はてっきり山人の山唄と思いましたぞ」と横から長安が口を出す。何にでも口を出す男だ。

「山人をご存知ですか？　木の実を食べて山奥に棲む人。その者たちが謡う山唄によく似ています。高い音と低い音を同時に出す――」

こうなると話は際限なく続き、随風も負けじと声を重ねてくる。木々の種類も空の色も、二人が話すと思い出話から観天望気まで枝葉となって広がっていき、聞いているだけで頭がくらくらする。

「そうは思いませんか？　弥八郎様」

長安が弥八に話を振ってきた。

「いいや、そうは思わぬ」

適当な相槌だが、ひねくれだから〝そうだ〟とは言わない。

「ほら、そうだろ？　弥八郎も同意だ。仏の意志がある」と随風。

なんだか面倒な話をしているようだ。確か、諏訪の湖から富士が見えるか見えないかを話していたはず。

「何の話だ？」

「知らずに違うと言ったのですか？」と長安が渋い顔をすると、

「長安の言うことならまずは疑ってみる。それが道理だろ？　なぁ、弥八郎」随風の気安げな声が続く。

不思議なもので、互いに呼び方を決めたことですっかり仲間気分になり、何にでも理《ことわり》に結び付ける〝屁理屈随風〟、話しているうちに自分の言葉に酔ってしまい適当なことを言いだす〝嘘つき長安〟、そしていずれにも斜に構える〝臍曲がりの弥八郎〟と呼び合っていた。

「ひどいなぁ、随風殿」と長安が言い返し、

「諏訪も甲府も富士に向かって並んでいるでしょ。間には大きな山も無い。だから諏訪からは富士が

見える。湖から見えるのですよ。ご存知でしたか？　随風殿は〝これは仏の法理だ〟と言うのです。そんな法理があるなら、どこの山も平らになるし、山国甲斐は田んぼだらけになるでしょ？　そうなれば末法の世など無くなる」

「末法の世とは、また話を大きくしたな」と随風がたしなめる。

「末法も仏法も、坊主が勝手に言いだしたこと。末法を持ち出したところで、坊主の口車に乗るだけだ」

「それなら弥八郎様はどう思われるのですか？」

「どう？」

「なぜ諏訪から富士が見えるのか」

「それは……」と言い淀むと随風も囃し立て、

「臍を曲げるだけなら子供でもできまする。大人のお侍ならお考えがあってのお言葉とお見受けするが、如何に？」何やらおかしな話になってきた。長安もそうだそうだと頷いている。

「それは……」と考えて、そんなことを真面目に考える自分に臍を曲げ、

「それは〝だいだらぼっち〟がしたことだ」

だいだらぼっちは子供の囲炉裏話。大男が一晩で山を作ったとか。長安も随風も顔を見合わせて笑いを堪えている。

弥八は何も言わずに馬を速め、二人が着くとまた足を速めた。

弥八は随風の従者扱いだが、武田領では信玄の側侍として馬を使い、同じ側衆でも長安は如来像を

背負うので徒行《かちゆ》きになった。

「だいだらぼっちで思い出した」

息を弾ませながら長安が声を上げ、

「この先に湯治場《とうじ》がありますぞ。今夜はそこで泊まりませぬか？」

〝そうしましょうぞ。そうしましょう〟と、すっかりその気になっている。

「急ぐ旅でもございませんし、足への効能があるとか。戦の後には侍も使いますぞ」と、うるさく誘ってくる。

「武田様の湯治か？　聞いたことがある」と随風も調子を合わせ、

「武田領では戦の傷は湯で治すとか。それほど効能があるという話」といつもの理屈を口にする。

「随風、お前がそんなことを言っていいのか？　俺たちは御仏を預かっている。盗賊の心配もしなければ――」

「その昔、天子様に夢のお告げがあったとか。夢のとおりに来てみれば、この山奥に神泉の湯が噴き出していた。考えてみれば、天子様が都から離れ、道もない山奥に分け入ってきた、それはすごいことなんだ。それほどに良い湯ってこと」

随風が口を出すと話がだんだん逸れていく。弥八も理屈で言い返した。

「その話の真意はな、湯ではない。それほどに天子様の夢占いは正しかった、そういうことだ」

「お主は湯治のことが分かっていない。占いを確かめるだけなら人を遣ればいいではないか。天子様が千辛万苦《せんしんばんく》を乗り越えてくるということは、それほどの仙郷が夢に出た。そう思わぬか？　これは行かねばならぬ」と、長安の話を詳しく聞いている。

武田の湯治場はもともと金鉱の試掘場所。湯が出れば採掘はできなくなり、掘った場所をそのまま湯治に使ったのだろう。長安は金山方として方々の試掘場を回っていたから、そのあたりの事情に詳しく、

「闇雲に掘るのではありませんぞ。山人を使うのです。そう、山に巣くう民。鬼とか山姥とか、物の怪のように言われて、だいだらぼっちもそのひとつ。山に住んでいて、山のことなら何でも知っている。川砂から金を見つけることも、岩の筋から金の味を見出すこともできる。本当に舐めるのです」

と舐める真似をした。長安の仕草が大げさで、やはり物の怪じみている。

「武田のご領地で金が多く出るのも山人のおかげでして、いえ、何も変わったところはありません。普通の人と同じ。ただひとつ、違うことが――」と言葉を溜め、勿体付けてにやりと笑った。こういう仕草は猿楽師そのもの。随風が身を乗り出している。

「米を食わぬのです」

秘密めいた口ぶりで、

「代わりに木の実を食べる」と囁いた。

「米を食えぬ者など、どこにでも居るぞ。戦や日照りになれば草や木の根を食べる。浮浪者なら誰でもそうだ」と弥八は鼻を鳴らしたが、

「いえいえ、米を食えないのではなく、食わない。食おうとしないのです」

「米が嫌い、なのか？」随風の助け舟に、

「どうなんでしょう？　私にもよく分かりません」とまたにやりと笑った。

〝嘘つき長安、本当は知っているな〟と睨んでもお構いなしに、

「そのような山人が湯守をしている湯治場なのです。だからこそ皆さんをお連れしたい。さあ、行きましょうぞ」と興味を煽《あお》って先を歩きだす。

随風も笑い顔で付いて行き、弥八も馬の鼻先を山道へ向けた。


谷間の夕は足早で、空は明るいのに木立や森の陰は濃くなっていく。

人家は無く、少し不安が忍び寄る頃に〝ほらあそこ〟と長安が指を指した。

谷川の横、竹林を背に小屋が建て掛けられ、よく見ればほんのり明かりが灯《とも》っている。長安が宿の者へと知らせに走り、弥八たちはほっと息を吐いてから宿への坂道を上っていった。

どこから見ても地元湯治場の佇《たたず》まい。狭い入口に入ると長安の声が聞こえてくる。

「犬爺《いぬじい》、達者だったか？　顔を見せろ。そう恥ずかしがるな。人を連れてきたぞ。ほら、こちらが随風殿、偉いお坊さんだ」

犬爺と呼ばれた男は様々な色の麻衣を重ね、そこここを当て布で繕っているから体中が色で溢《あふ》れている。色飾りの帯を締め、ボロ着なのに立ち姿に品のようなものがある。鉢巻のような覆いを外し、随風に向かって低頭合掌した。

所作が堂に入《い》っている。湯治は信心を深める場でもあるから、説教仏事も行うのだろう。

長安はお構いなしに話を続け、

「こちらが弥八郎様、お侍だ。怖がるな、大丈夫。怖い侍じゃないから。優しいお方だ。今夜一晩、厄介になる。食い物？　いつもの団栗《どんぐり》汁でいい。お二人とも、いいですよね？」と訊いてくる。二人が答える前に、

「久しぶりだな、団栗汁。旨いんですよ。犬爺の団栗汁は特に旨い」と、嫌がる男を連れ出して抱き付くように話している。

「本当に団栗汁でよろしいんで？」と抑揚のある声で訊いてくる。上目遣いで見上げる様子は犬のようだが、濃い眉に低い鼻、顎の張った顔は犬よりも蟹《かに》に似ている。

「団栗の餅なら食べたことがある。私の実家は蘆名だから。いろんなものに混ぜ込んで杵で搗《つ》く」

随風は喜んで応えたが、弥八はどうしようかと首を傾げたままでいた。子供の頃の記憶では団栗は痺れるような味がした。

「渋くはないのか？」訊くと、

「そりゃ、渋抜きしなきゃあ渋いですよ。渋柿と同じで、木の実も渋抜きが必要なんですが、抜き過ぎると旨くない。この犬爺は実ごとに絶妙の渋抜きをする」と長安が自分のことのように胸を張り、横で犬爺がもぞもぞと言い訳をした。

「止《よ》してくだせえ、土屋様。毎日食ってりゃ、それくらいできるようになりますんで」

爺と言っても弥八とそれほど変わらない年恰好だ。

「まずは風呂に浸かってくだせぇ。上がる頃までには汁を煮ときますんで」

「おお、風呂か。湯に浸かる風呂だな。これは楽しみ」と浮かれた随風が歩き出すところを、

「効能は疥癬《かいせん》、傷に良し、ですぞ」と長安が付け足した。

長安がここに連れてきたのも弥八の足を気遣ってのことと気づいたが、聞こえぬ風を装った。弥八の足は筋が切れているから治しようもないが、それをわざわざ言うこともない。二人が騒ぎながら支度を始めたので、弥八も足を庇いながら川横にある野天の風呂へ降りていった。

温湯《ぬるゆ》は長い間浸かっても苦にならず、三人は湯の中でぼんやり景色を眺めていた。

夕空は少しずつ夜へ向かっていき、鳥が鳴けば鳥が鳴いたと言い、星が瞬けば星を指した。特に話すことも無く、川音を聴きながら暗くなる山肌へ目を向けていると、随風が声明を唱えだした。喉を震わす太い声と鼻先から抜ける高い音、川の音、風の音と相まって目を瞑ると山気が迫ってくる。

弥八はこのように経を聞いたことはなかった。父や三弥のこと、本多党の男たち、夏目や門徒衆の顔が浮かび、そしてみおの顔がぼんやりと浮かんだので、急いで湯を顔に掛けた。

何度も掛けたので、随風も声明を止めて〝風呂では静かに居るものだ〟と文句を言っている。

「湯に浸かりながら経を唱える方がよほど罰《ばち》当たりだ」

「山の湯は気持ちいい。気持ちいいと山の気を呼び、人魂を持ち去られる。そういう気持ちになるだろ？　ならんか？　それを私が経文で護っている。どうだ、有難いだろ？」

「また適当なことを言う。ここは山人の宿だ。お前の経より団栗汁の方がずっとご利益がある」

その言葉にひとつ頷いて、

「おおそうだった。長安に訊きたいことが……、起きろ、長安！」と半分寝ている長安へ声を掛け、

「お主が言っていた山人とはあの犬爺のことか？」

「山人……？　そう、犬爺が山人なんです」と目を覚ます。

「爺さんにしては若いな」と弥八も声を足した。

「山人の名前がそう聞こえるので。インジ？　インズだったかな。犬爺は勝手に付けた名。でも気に入っているらしい。自分は山に帰れぬ、里で飼われる犬だと言って」

「山に帰れぬ？」と随風と弥八が一緒に声を出した。

「そうです。犬爺は米を食って山に帰れなくなった。お二人に話しませんでしたか？　そうでしたか、すっかり話した気でいた。それはですね――」

　長安の話では、犬爺は金山探しに狩り出された山人たちの一人で、何にでも興味を持つ若者だったらしい。愛嬌もあり、すぐに金山方の下役たちと親しくなり、取次のような役目をして里暮らしも長くなっていく。その生活も突然の湯噴出で大きく変わった。

「湯が出れば掘り進むことはできないから、山人も元の山へと帰っていく。でも犬爺は帰れなかった。山人たちが犬爺を拒んだのです。そういうことはよくあること。山人の中にはそのまま里で暮らす者も多いのですが、犬爺は山へ帰ろうとした。帰ろうとして拒まれ続けている。山では一人で暮らすことが難しいんです。特に山人はねぇ、仲間内に入れなければ殺されてしまう。〝はぐれ〟は許さない。そういう仕組みになっているらしい」

　そこで話を区切り、湯から半身を出して岩に腰掛けた。そのまま焦《じ》らすように大きく伸びをして、「いい湯でしょ？　疲れが洗い流されて節々が緩んでくる」と呑気なことを言っている。弥八は先を

促して、

「なぜ帰れぬ。お前たち金山方が何か理不尽を命じたのではないのか？」と嫌味を言うと、長安はにやりと笑い、

「米を食ったからです」と呟いた。

「米を食って何が悪い？　食わずに木の根を齧《かじ》れと言うのか？」

「いえいえ、山人も米を食いますよ、少しなら。病人とか産後の女も口にする。しかし犬爺は何か違うらしい。食い方が違うのか……よく分かりませんが置き去りにされた。それ以来、山にも帰れず里にも馴染めず、それで私が手を回して、湯守としてここに住まわせているんです。ここなら山も近いし、米も食わずに済む。奴が言うには、米の毒が抜ければまた山に戻れる、山人が迎えに来る。そう信じているんですよ」

「米の毒？」

「そう、米の毒。酒毒とは違うような、同じような……。あははっ、私にもよく分かりません」

〝米の毒〟

胸内で呟いてみる。食べる米に毒があるとは思えない。

湯けむりの中、各自が己の思いに沈んでいく。いつの間にか月が山の端《は》に浮き、竹林を黒く浮き上がらせていた。こういう時に黙っていられない随風が声を出す。

「長安、お主の燥《はしや》ぎぶりがこれで分かった。あれは喜んでいるようで、実はまだ山に帰れない犬爺を慰めているんだな」

長安の顔が向くが影で表情は分からない。顔を向けたまま、どぼんと湯に浸かり、

「さて、そろそろ上がりますか。体も心根もふやけてきた。それに腹が減ってきませんか。飯を……いや、飯ではなかった、団栗だった。さあ、団栗汁を食いましょうぞ」と勢いよく風呂から立ち上がった。

湯の効能は確かなもので、懲りが解《ほぐ》れ、節々の箍《たが》が外れたようだ。力が入らず、河原を歩くにも足元がおぼつかない。やっと囲炉裏端に辿り着き、へたり込むように藁座に胡坐をかく。すると囲炉裏鍋から良い匂いが立ち、これが団栗汁かと思うと急に腹の虫が鳴きだした。

手渡された椀からは野草の香りが立ち、それに土の匂いが混じっている。見ればごろごろした木の実に刻んだ木の根が顔を覗かせて、思わず口を付けようとして長安に袖を引かれた。

犬爺が口元で何か唱えている。山人の儀式なのか掌《てのひら》を上にして捧げ持つ仕草のまま、高い声で拍子を付ける。山人の経のようなものか、随風が目を輝かせて見つめていた。唸り声は不意に終わり、犬爺は気弱な表情で、

〝口に合いますか、どうか〟と汁を勧めてくる。

啜り込み、一口味わうともう箸が止まらない。汁も旨いが団栗が絶妙だ。木の実によって硬さが違い、歯で噛むもの、舌で潰れるもの、半分溶けかかっているものもあり、ほのかな甘みの中から渋みが染み出てくる。

ものも言わずに一杯を流し込み、二杯目を味わい、三杯目でやっと周りに気が向くと、犬爺が声を

掛けてきた。

「鍋はもうひとつ作ってありますんで、腹いっぱい食ってくだせぇ」

「たくさん団栗を溜めているんだな」

「秋の間に溜めておくんでさぁ。山に入ればいくらでも拾える。木によって生り年があるから、溜め方さえ間違わなきゃあ一年食いつなげる」

「旨いでしょ？　弥八郎様」

頷く弥八に、

「これを食うと、あくせく米を作るのが馬鹿らしくなる。そうでしょ？」と米を作ったことのない男がもっともらしいことを言う。

「米とは違って……、芋に近いな」

随風の呟きに犬爺が顔を上げ、

「米とは大違いでさぁ。米はすぐに体が熱くなる。木の実は腹に納まってから少しずつ体に染みてくる。初めて食ったお方は面白がりますが、毎日だと飽きてしまう。そこが米と違うところ。米はいくら食っても飽きがこない。もっともっとと食っちまう」ここで〝言い過ぎた〟と下を向いて口を噤んだ。

「米を食べると何故、山に戻れないのです？」

随風が木の実を噛みながら何でもないように尋ねると、犬爺の目が泳ぎ、助けを求めるように長安へと向く。

「この人たちに気遣いは要らないぞ。好きに話せばいい」

犬爺が手を振り、口中で言い訳をするので随風が、

「それでは私の考えを言おう。まずは——」と目玉を回し、

「米の味が忘れられないからではありませんか？　忘れられずに里の田に盗みに来る。すると里人と諍《いさか》いが起こる。だからではありませんか？」と訊き、犬爺の難しい顔を見てすぐに別を言う。

「それとも……、山で田を作れば争いが起き、山の暮らしが立ち行かなくなるから——」

「いや、いや、そんな難しいことじゃねぇし、恐ろしいことでもねぇ」

犬爺は囲炉裏の熾《おき》を突きながら話しだした。

「山の生き物はみんな食ったり食われたりして、食うには理由があって、食われる理由もあるんでさあ。まあ、そんなことはどうでもいいか。木の実は鳥や獣に食われて運ばれていき、噛み砕かれねえように渋がある。みんなが使ったり使われたりだぁ。あしが唱えた呪《まじな》いもそれを言っているで」

　熾で赤く映る顔が少し歪んだ。

「でも時々、狂いモンが出る。他の生き物を自分のために働かせるもの。宿り木や卵を預ける鳥。自分の卵を捨てられたのも知らずに、他の鳥の雛を懸命に育てる」そこで口中で呪《まじな》いを唱えた。厄除けの詞《ことば》なのだろう、掌を下に向けてから話を続ける。

「あしたちはそういうもんには近づかねえ。近づくと毒に酔うと言われて……そして、それが米」

「米の毒、と言うのか？」随風の言葉に頷いて、

「一旦体に染み渡ると、容易に抜けねえ」そこで言い淀み、どう言いえばいいかと考える素振り。三人は黙って言葉を待った。

「山人から見れば、里人は競って米を作っている。稲の言いなりだ。え？　そう、言いなりです。一年中泥にまみれて自分の子供のように育てている。気味が悪い。すいません。山人の戯言だと思って聞き流してくだせぇ。米の毒で狂っているとしか思えねえんです。あしは両方知っているからよく分かる。米を手懐《なず》けて少しでも多く作ろうと——」

「米を手懐けて何が悪い。それが人の知恵というものだ」百姓侍の血が疼《うず》いて、弥八が言い返した。

「怒らんでくだせぇ。そうではございませんので。手懐けられたのは米でなくて人の方でござえます。え？　そう。人が米に騙《だま》されている」

弥八は随風と顔を見交わした。さすがに随風も驚いたようだ。長安が二人を見て笑い顔を向けている。

「そんなに驚かねえでくだせぇ。変なこと、言いましたか？　山人なら当たり前のことで。そういう魔ものには気をつけにゃあなんねぇ。あしも気をつけていたんだが、米は旨《うめ》えし血の巡りが良くなる。なんだか、体がふわふわしてきて、気づいたら米の体になっていた。それが山人には分かるんで」

そこで苦い顔になり、

「時折ここにも山人が顔を見せるんだが、あしを山人とは見てくれねえ。もう随分米を食ってねえのによぉ」言った後に燠を突き、火の粉が散った。

「なんと、米が人を……」

随風はそこまで言って目玉を回し始めた。弥八も三河の田地へ思いが向く。

朝起きて田を望み、手を合わす。獣に荒らされなかったか、虫は居ないか、鳥追いをするか、心配ばかりを思い出す。田楽踊りで田を起こし、水を入れて田植え時期を決めたら村を上げての田仕事だ。雨を望み、嵐を恐れながら稲穂とともに胸を膨らませる。稲は食い物であり、銭であり、暦であり、神であった。

それが人を騙している。騙し酔わせて働かせる。

己の子孫を残すため、森も野原も切り崩し、毒で酔わせて人を操る、米をそういう魔物と言うのだ。

「物の考えは十人十色。そういうことでしょう」と長安が笑いを含んだ声で、

「猿楽師は鬼も神も演じるから分かります。見方を変えればこの世の中、どこも逆さまになりまする。芸能者は人で無し、だから殿上人にも殿様にも、お目見えできるというもので、世の不思議は、己の不思議――」そこで調子を付け、

〝人の世にこそ現世《うつしよ》ぞ、映す手鏡、手は右に、月は東に日は西に、米を食ろうて望むれば、食らう己はどう映る。さてさて、さぁさぁ、どう映るぅ？〟と所作で見栄を切った。そんな長安をよそに随風は団栗汁を覗き込んでいる。食らう己を見るのか、食われる自分を思うのか、弥八も椀を覗いてみた。

「団栗は人を騙さないのか？　米とは違うのか？」と随風。

「団栗には渋がある。この訳が分かるだか？　こりゃ、偉そうな口だ、すんません。渋は人に食われねえように、人を嫌っているんでさぁ。だけんど、この渋で日持ちがする。次の秋まで食いつなぐことができるんでさぁ。渋さえ抜けりゃこっちのもん」

犬爺は胸を張ってゆっくり笑い、

「さあさあ、汁が冷えてしまいますで、早く召し上がって」と勧めるが、随風は〝なるほど、なるほ

ど〃と呟きながら椀の中を覗いている。

弥八も椀の残りを啜ったが、先ほどまでとは違った味がした。

皆が箸を置くのを待って犬爺がまた唸りだす。今度は掌を下に向け、地を鎮めるような低い声。尾を引きながら時折の強弱が謡のような調べに聞こえる。

長安が緩やかに手足を動かしだした。

初めは笑いを含んだ滑稽な動きだったが、そのうちに半眼になり、音の中に揺蕩《たゆた》いだした。これは二人の間ではいつものことなのだろう、犬爺が長安の動きに合わせ声をつないでいく。

背筋が伸び、顔付きも変わった。

長安は音もなく立ち上がり、摺り足で動いていく。やはり猿楽師、気配も所作もいつもの長安ではない。

〃神を演じているのか、鬼なのか〃と随風に訊いてみたが、呆《ほう》けた顔で考えに耽《ふけ》り、長安のことなど眼中にはないようだ。

囲炉裏の火が踊り手の半身を赤く照らし、照らされた方と影の方、動くたびに入れ替わり、二人で踊っているようだ。

四

翌日は早朝に宿を発ち、富士川沿いを下っていく。

湯の効能か体が軽い。午後の早い時刻にその日の目的地、身延《みのぶ》に着いた。

身延山には日蓮宗の総本山、久遠寺《くおんじ》があり、山峰沿いに伽藍、宿坊が立ち並び、麓《ふもと》には門前の町屋が列を成している。参拝は明日にして、三人は河原で行われている市《いち》を見物することにした。市の噂を聞きつけた長安がどうしても行こうと二人を連れ出して、今も先頭に立ってあれこれ話している。

「市は楽しいですぞ。心持ちが湧き立ってくる」

「長安は子供のようだ」と随風が言うと、

「市は祭りと同じでハレのとき。穢れを晴らす場所ですぞ」と猿楽師の講釈を言う。

「穢れと晴れか」と随風が目をぐるりと回し、

「穢れは〝気《け》が枯れる〟鬱屈を言い、ハレとは鬱屈した心身を〝晴らす〟場を表すそうだ。祭りも市も神仏への供物から始まったらしいから、そのように感じるのかも。なんだ？　疑っているな。本当だぞ」と講釈を重ねてくる。

「また随風の屁理屈か。銭のやり取りで晴れになるなら、嘘つき商人などは神仏の本尊だ。さぞかしご利益があるだろうよ」と弥八。

「それなら弥八郎様の曲がった臍も治るやもしれませぬな。あっ、ほら、あそこで田楽踊りをやっている」と長安が走っていく。

田舎田楽は村行事で踊る地鎮舞い。田起こしに田植え、野上り、虫送り、節目節目に祝い謡で練り歩く。腰振りに片足跳び、その動きが楽し気で子供が周りで真似をする。

その先には蕎麦《そば》や稗《ひえ》、古着や鍬鍋《くわなべ》、武具に至るまで、様々な物品が並べられ、銭のやり取りが行われていた。物品ごとに人集りが異なって、武具の前では男たちが声を高くして値を言い合っている。

川の集まるこの場所は砂利が積もって荒地が広がり、そこここに草藪《やぶ》を茂らせていた。河原は異界のものが流れ着く場。そして穢れを清める場所。川音のせいか、ざわざわと湧き立つ気分になってくる。

田楽踊りから離れない長安を置いて、二人はさらに進んでいった。

河原の先、奥を曲がると旅回りの一画になる。ここからは大人だけの晴れの場だ。

熊野比丘尼《びくに》が十界曼荼羅図を広げて絵解き唄を謡っている。

〝老いの坂、登れば下る定め。産湯の使う桶の中、父と母とに育まれ、鳥居をくぐり登り出す――〟

女たちの一生を十界絵で指し示し、声を震わすごとに前の女たちが泣き呻《うめ》きだす。銭を払って自分の一生を謡ってもらい、苦しかったこと、楽しかったことを思い出して存分に泣くのだ。周りの女たちももらい泣きをしている。

「ああやって己の辛《つら》さ苦しさをみんなで分かち合う。声を上げて泣けば気が晴れる。あれも長安の言う〝晴れ〟なのだろうな」と随風が頷き顔で言えば、

「隣の比丘尼も晴れなのか？」と弥八が顎で指す。

隣では若い比丘尼が熊野の干し鮑を売っていた。こちらには男たちが集《たか》っている。

鮑の前で片膝立て、ちらちらと膝の奥を覗かせる。鮑は隠語。商談がまとまれば河原の藪へと消え

ていく。

随風は狼狽《うろた》えて、熊野比丘尼の謂《いわ》れを話しだした。

「比丘尼は由緒正しい熊野三山の使い者。勧進したり説いたりと遊行行脚で信仰を広めようと、時には地獄や極楽を見せ……、これは変な意味ではないですよ。同じような者として、諏訪巫女も居て、ほらあそこに――」と目を逸らして歩き出した。

諏訪巫女は口寄せという人魂の呼び寄せ祈祷を行う。死者はもちろん、遠くに居る生者の生霊も呼び寄せる。

今は口寄せを待つ女や老人たちの前でゆるゆると巫女舞いを披露しているが、日が暮れれば客は男たちに代わり、昔馴染んだ女などを呼び寄せることになる。蝋燭の下では巫女化粧はどのような女にも変わり、つかの間、男は好き放題をする。何やら秘密めいていて、比丘尼などでは味わえない興奮をもたらすようだ。

知ってか知らずか、随風は巫女祈祷の謂れなどを声高に喋っている。

河原は長い夕暮れになっていた。山に縁取られた空はいつまでも明るく、高くで鳶が輪を描いている。

生温い風が流れてきて、目を戻せば護摩壇から炎が上がり、その前で修験者が鈴懸《すずかけ》結袈裟姿で剣印刀印と結び変えては〝おん、きりきり。おん、きりきり〟、後ろでは祈願者らしき者たちが首を垂れて祈っている。

「護摩焚きだ。これなら随風もできるのだろ?」と弥八が言えば、

「天台宗は密教、台密だから本元ですよ。でも私は己の煩悩や業《ごう》を燃やす護摩行ばかりで。業が深い」

と返してくる。

「随風にも業があるのか？」

「そりゃ、ありますよ。生きていれば業ばかり。あれを見てみたい、これを知りたい。だからいつまでもふらふらと諸寺を巡っている。知れば知るほど分からなくなる。これも煩悩というもので、どうすることもできない」

「坊主となると欲も行儀がいい。お前の言う屁理屈も煩悩と言うのか？」

「そう、そのとおり。もともと天台は止観行《しかんぎょう》。止観して考え、行でそれを検証する。それで私のような理論好きが集まる。と、これはちょっと暴論か。だから私の業欲は仏を探す止観行でもある」しれっと偉そうなことを言う。

「俺が分からんと思って適当なことを言っているな」

「いやいや、そんなことはないですよ。至って真面目。止観行は何でも信じ、何でも疑う。例えば、だいだらぼっち。私はそれを見つけるために山に籠《こ》もったこともある」

「居たのか？」

「どうかなぁ？　居たと言えば居たし、居ないと言えば居ない。あははっ、また今度ゆっくり話そう」

と目玉を回している。

　随風は何を聞いても見ても、その中に仏を探そうと屁理屈を捏《こ》ね、しかし弥八は騙されないぞと身構える。

——信じたがりの随風に、疑り屋の弥八というところか。

改めて随風を眺めてみた。

よく動く目できょときょと辺りを見つめては首を傾げて考える。鶏《にわとり》のような忙《せわ》しなさ。

「お前は、俺の知っている坊主とは少し違うようだ」

「僧侶はみんな違うもの。みんな自分の仏を求めていて、伝えようとして伝えられずに方便を言う。それを聞いて別の僧が別の方便を使う。だからどんどん変わっていく。どうです？　違うでしょ？」

と涼しい顔。弥八はつい言い返した。

「それはお前が天台坊主だからだ。真宗なら南無阿弥陀仏、これひとつ」

随風がまた目をぐるりと回した。どうも癖らしい。

「さすがは本願寺で戦ってきたお人。よく分かっている。考えるに」と唇を湿らせ、姿勢を正した。

目が黒曜石のように底光りする。

〝まずい〟

どうも、琴線に触れたらしい。随風の琴線がガラガラと鳴りだした。

「まずは我らが天台門。これは古い教え。まだ修行して帰依すれば往生できる、教・行・証が備わった正法の時代。しかし今は末法の世。教説だけの五濁悪世《ごじょくあくせ》、争いの時代でしょ。徒党を組んで悪行し、それでも経文を唱えれば救われる。みんなで念仏唱えてお勤めをする。みんなの後ろで口を動かしていれば救われる。救われた気分になる」と黒い目で見つめてくる。随風の言う〝止観〟の目だ。

「これが百姓や武士に広まって、ひとつ所に集まり親戚の僧侶に読経させる。それが私のような者。

ははは っ、自分で言うと照れるなぁ。いやいや、気にしなくていい。話はまだまだ続くのだ」と勝手に弥八の顔を読む。

「死ぬ前にお念仏を唱えれば一人ぼっちでも救われる。これが浄土真宗か？　これは商工、芸能の仏ではないのかなぁ？　元々は神社の下に集まる商工者や芸能の神人《じにん》座の者。座主の神社の下なら、どこへ行っても商いができる。しかしこの者たちも来世を願う。神社は死穢《しえ》と言って死を扱わないから、一人ぼっちで死ぬしかない。そこで広まったのが念仏を唱えれば一人でも往生できる仏。これが真宗ではないかと――」

弥八は随風の長科白《せりふ》を聞きながら、以前考えたことを思い出した。

三河一揆で走り回っていた頃か、それとも家康に会った時か。ひとりで仏と対峙する、そのことを直臣に当てはめていた。

「しかし、これはこれで大変なこと。信じなければならない。疑えば往生できないから、一点の曇りもなく信じる。それを決めるのも自分ひとり」

随風の顔から表情が消えていく。目を半眼にし、〝行〟に入った口ぶりで、

「そうなると……大変だ。疑う自分が許せなくなる」言った後に口元で経を唱えだした。

――疑う自分を許せない。だから嘘や扇動に簡単に乗る。俺はそういう輩を多く見てきた。俺自身が騙す者だった――

怒りとも後悔ともつかぬものが腹底からこみ上げてくる。

――いつもの発作だ。

抑え込もうとした。

血の臭いがして、死体に集る蝿の羽音が聞こえだす。こうなるともう止まらない。声を出さぬように歯を食いしばった。

死を待つ女子供、病人に老人。仕分けをする弥八を見上げている。見上げる目、目だけが光っている。明日は死ぬ者たち、その中を歩いていく。念仏を唱える者、極楽の話をする母親、何度も頷く子供、女を漁る若い男、念仏を唱える女たち……。女たちの中から、老婆の心音が飛び込んできた。村祭りで男に手を握られ、嫁乞い謡に沸き立つ心。子の泣き声に乳が疼き、寝る間も惜しんで働いた。腰が曲がり指も動かなくなり往生を望んでここまで来て、〝もういいだろう〟と引き立てられる。

もういい？　何がもういい？　俺に何が分かる？　俺は何だ？

見上げる者たちの心音が四方から響いてきて、男の叫び、娘の願い、母の繰り言が弥八の胸を潰していく。それでも聞き続けなければならない。

どれくらい経ったのか、遠くから声明が聞こえてきた。

高く低く、うねるように弥八を包んでいく。経文とともに低く地鳴りのような声も聴こえ、謡のように節を付けた誦経、言葉のようでもあり呻きのようでもある。

道中では鳥を集めた随風の声明も、ここでは有難い経となり人々を集めていた。好奇の目を向ける者、聞き惚れる者、手を合わせて拝む者も現れて人だかりができている。その中には長安も居て、目が合うと走り寄ってきた。

弥八は頭を振って揺らいだ心持ちを立て直していく。一揆の記憶に囚われていたのは一時だったようだ。

「随風殿もお商売を始めたのですか？」と長安。

「俺は知らん。勝手に唸りだした」

弥八は普段どおりを装って不愛想な声を出した。長安は気にする素振りも見せず、

「この様子ならお布施が貰えますぞ」と揉み手をしながら拝む者たちに声を掛け、袋を出して布施銭を受け取っていく。

そんな気配に気づいたのか、随風がゆっくりと目を上げ、弥八に焦点を合わせてきた。

顔が安堵に緩み、笑みが広がっていく。心根を掬い上げ、暖かく包み込んでくる。見ているだけで涙が溢れてきて、急いで横を向いた。

その間に長安ひとりが声を上げ、

「皆さんは運が良い。このお方は高山難所を踏破《とうは》した、高僧でございますぞ。コーソウ、分かりますか？　小僧ではありませぬぞ」と適当な口上で笑いを拾っていく。

「聞いただけ、見ただけで千日の修行功徳を得られるという有難いお経。なに？　お布施をする？これはこれは、功徳を積まれると。有難や、有難や。何？　そなたもか――」

注目が長安に移ると、随風が寄ってきて、

「どうだ？　少しは楽になったか？」と囁きかけてきた。

弥八は目を逸らしたまま、

「要らぬことをするな」と小声を使う。

「辛《つら》そうだったから、ついお節介を焼いた。お主の思い出が成仏したがっているようだった——」

「それがお節介だ。成仏なんぞしなくていい。ずっと血を流したままでいいんだ」

「血を流しているのか……」

〝そうだ。坊主に騙されて受けた傷。坊主のお前に治せるか〟

弥八は腹の底で呟き、石のように黙った。随風もそれ以上は聞かずに目をゆっくりと回している。何か考えているようだが、知ったことではない。

長安が戻ってきて、

「お布施が集まりましたぞ」と袋の中の銭を見せ、

「それは明日、久遠寺参拝で寄進いたそう」と言う随風に納得しない。

「何かに使いましょうぞ。市で手に入れた銭は市で使うもの。そう決まっているのです。そうでしょ？」

「そうは言うが……」

「歩き巫女はどうでしょう？　だめですか。そうでしょうね。どれに使いましょうか？」と二人で話している。

「銭などどう使うも同じ。持っていればいいではないか？」

弥八が口を出すと、

「それは違う」「違うですぞ」二人が交互に言い返してくる。

「弥八郎様、それは違いますぞ。市は境目で行う交換の場。何に出会うか分からぬ、不浄の場ですぞ。

だからこのような河原で行う。穢れが流れますから」

なんだか分からないが田舎の市はそういうことらしい。

「あれなどはどうでしょう？」

指差す先に舞台があり、墨染衣の男たちと揃いの白単衣の尼僧たち。

「あれは……踊り念仏か？」と随風。

「同じ仏門ならいいでしょ？　行きましょうぞ」と長安が先を走り、舞台の男と交渉してから手招きしてくる。

「踊り念仏でした。お布施を取られてしまった。ここに屯《たむろ》している男たちもお布施を払ったらしいのですが……」目を向けた先には、舞台の周りに陣取って声高に話す者、伸び上がって覗き込む者、じっと虚空を見詰める者、何かそこだけ熱気が立っている。

「俺は念仏など唱えるつもりはない」と弥八は離れようとしたが、

「すでにお布施は済んでいるのですから」と長安が袖を引く。

「面白そうではないか。踊り念仏は初めてだが書では読んだことがある。時宗の開祖一遍上人が始められ、村ごとに行われるとか。皆でお念仏を唱えるらしい。田舎では寺などないからな、村祭りの踊りを模したとか。弥八郎は見ているだけでいいではないか。他人の念仏でもご利益がある。ここが真宗と違うところで他人の念仏も――」

「見たくも聞きたくもない。みんなで騙し合うだけだ」と顔を振った刹那《せつな》、みお――

女たちの中にみおを見た。

すぐに目を戻して探そうとしたが、女たちは尼に化けて髪を剃っているから、誰もが同じように見える。

太鼓の音がして、僧侶姿の男たちが一斉に〝南無阿弥陀仏〟を唱えだした。合わせて女たちも唱え、舞台の上をゆっくりと回り出す。顔を伏せているから顔付きまでは分からない。

弥八が舞台下から覗こうとしても、そのたびに陣取った男たちから追い払われた。男たちは弥八へ太い声を向けながら、目は舞台から離れない。

長安は田楽踊りを真似て片足立ちで踊り、随風も声明声を出しているが、これは舞台の〝なんまいだ〟の声にかき消されていた。

徐々に念仏唱えが早くなり、鉦《かね》がさらに調子を付ける。

この念仏踊りがどういうものかはすぐに分かった。偽僧と偽尼による遊興で、舞台中央で僧形の男たちが唱え、舞台端《はし》を女たちが踊り回る。そして徐々に動きを激しくさせる。男たちが煽るように唱和すると、女たちは手や足を高く上げて二の腕も膝頭も露わになってくる。櫓を囲む男たちは唱和しながらかぶりついて下から覗き、女たちは足を上げて踊り狂う。裾は乱れ、薄物の下では乳が揺れて胸元がはだけていく。

随風は呆れ顔で口を開け、長安は笑い顔で田楽踊りを真似ている。舞台下に居た男たちも舞台に上り女たちと一緒に踊りだし、弥八もみおを探して舞台に上っていった。

男も女も恍惚の表情を浮かべて法悦に酔っている。

女の肩を掴んで顔を覗き込むと、中央の男たちに引き剥がされた。

みおはどんな顔だったか、と探しながら思い出そうとした。顎の形、目元は思い出せるから見れば分かるはず。

また鉦の音が速くなった。

男の顔、女の顔が目まぐるしく通り過ぎ、それを確かめていると、一揆衆を仕分けていた時と重なって頭の芯がぼやけてきた。頭を振って見渡せば、周りの者は皆一揆衆に変わっていく。

いつもは弥八を苦しめる虚ろな表情も、今は生気に満ちて女や子供、老人たちも飛び跳ねて、踊れ、唱《とな》えろと囃し立ててくる。

——まやかしだ。騙されるな。

熱狂の中でみおを探した。

それらしい女を見つけて腕を取るが、それでも女は唱え続け、弥八にも踊れ唱えろと急き立てる。女を引き寄せるたびに熱狂を吹き込まれ、いつしか一緒に跳ねていた。他人の念仏が体の隅々に満ちてくる。

〝騙されるな〟

何度も自分に言い聞かせるが、何やら自堕落な気分になってきて、念仏声に合わせて弥八も声を上げていた。

〝これが俺の念仏か〟

初めて自分の念仏を聞いた気がした。

この念仏も他人の体に、みおの体に入っていくのだろう、そう思うとみおが笑った気がして、

「みお！」と声にした。

今まで抑えてきた思い出が溢れ出てくる。

出会った頃のこと。船上から見た摂津の湊、門前町での小さな所帯、戦の合間の逢瀬、みおの消えた部屋。

もう一度、名を呼んだ。

声は念仏声とともに夕暮れの谷間を渡っていく。

五

弥八たちは山中の隘路《あいろ》を通って駿河江尻《えじり》の山裾まで来ていた。

山谷ばかり見てきた目には海の景色は新鮮で、胸を反らして潮風を吸う。

海の向こうには伊豆の山が陽炎のように浮き、手前には三保の岬。大きく湾曲して富士の山裾まで続いていく。幾重にも湾に抱かれた駿河の海。波は静かに揺蕩って三河の海に似ている。

弥八たちの行く尾根道は三保まで続き、左に海、右側は巴川の葦原が水を集めて海へと流れ、ちょうど漏斗《じょうご》のような川形。細い山尾根が広い湿地をぎゅっと締め、尾根の先には江尻城。川から引いた水で囲い、三方の丸馬出しは武田流の城構えだ。

長安が指を差し、

「新しい城は良いものですなぁ。まだ普請は続いているそうですぞ」と言えば、

「喉から手が出るほど欲しかった武田の海だ。鼻息も荒い」馬の上から弥八が返し、

「するとあの馬出しは鼻息か」と随風が混ぜ返す。

「年貢米も兵糧米も、貯めておいても何にもならないからな。食うしかないだろ？　だから商人に預けて利殖する。すると槍や火薬になる。そのための湊だ。物はな、動けば動くほど銭を産む。あの湊は〝銭の田んぼ〟というところだ」

「兵糧米は戦に使うのでしょ？」

田舎者には利殖が分からないようだ。随風が横から口を出す。

「長安、それはな、市と同じこと。交換して別物に代える。証文に変わることもある。そうやって関わる者が広がっていくと、訳の分からないもの、恐ろしいものに変わっていって、人の心に住み付くのだ」と恐ろしげな声を出す。

「おっ、それが末世ですか？」

「そう、末世と呼ぶ」

おかしな話になってきたが、まあ気にすることはない。長安ともこの江尻湊まで。

ここからは船で大井川の西、浜野浦まで渡り、そこからは近在の普門寺まで陸路を行く。浜野浦は徳川領なので武田家臣である長安とはここで別れ、この後は天台僧随風とその従者、三河牢人の弥八になる。

「残念ですなぁ。弥八郎様とも気心が通じ合えたところなのに」

「通じ合ってなどいない」

「そうでございましょうか？　あの踊りは猿楽に通じるものでしたぞ」

また踊り念仏を言いだした。あれ以来、何度も引き合いに出される。

「これ、長安、念仏をそのように言うものではない。あれは仏への精進を示している。有難いお姿であった」と随風が拝む仕草をすれば、

「ご精進ですか？　女子の手を取って踊ることがご精進なら、弥八郎様は極楽に行けますなぁ」と長安。

この二人には口では敵わない。下手に口を利けば話がどこまでも広がっていく。弥八は何も言わずに馬を速めることにした。


江尻城の奥間で取次役から添え状を貰い、翌朝、風待ちの弁才船に乗り込んだ。曳き船に囲まれて湾に漕ぎ出すと海の上では思いのほか風があり、見る間に岸から離れ、神楽を踊る長安の姿も小さくなっていく。

陸から離れると奈落に落ちていくようで背筋がむず痒くなった。

海船二度目の弥八でもそうなのだから初めての随風なら尚更だ。初めは燥《はしゃ》いでいたのに舟が傾きだすと船縁にしがみ付いて震えだし、船内に戻るよう言っても青い顔をしたまま遠ざかる陸地を睨んでいた。周りでは舟子たちが風を測っては帆を操り、二人の横を走っていく。

三保の岬を回ると風が強くなり舟が傾きだした。ギシギシと舟板が軋むたびに随風は舟が壊れると悲鳴を上げ、弥八は慣れた仕草で体を傾けて船のあれこれを教えていく。

「陸地を見ていれば自然と体を保てる。見てみろ。陸が流れていくだろ。舟が走りだした証拠だ」

風を切り、舳先が飛沫を上げる。

「不思議なものだ。向かい風なのに前に進む」

「片帆で上手回しをしながら進む。もうすぐ反対に傾くぞ。それが上手回しだ」

なぜ向かい風で前に進むのかとしつこく訊いてくるが弥八も分からない。

「教えてやらん。詰まらんことを考えていると船酔いするぞ。陸を見ていろ」

「陸を見ていると舟酔いしないのか？」と三保の海岸線へ目を向け、

「いやあ、面白い。怖いけど面白い。景色が絵巻物のように変わっていく。このように動く景色は見たことがない」と燥ぎ声を出した。

「ころころと変わる奴だな。青い顔で震えていたのが、もう面白いになったか」

「面白い。何故面白いかと言うと……」思案したまま目をぐるりと回し、

「私ら僧侶は山に籠もって人里を見下ろす。天に向かって上下で物事を考える。しかしここでは横に流れる。横のつながり。こういう景色を眺めていれば自ずとものの見方が変わってくる。そうは思わんか？」と訳の分からないことを言いだした。

「それなら、舟人はみんな悟りを開くことになる」

「同じ景色を見ていても上人にも悪人にもなる。そういうものだ。念仏の唱え方も、山なら順に並ん

でみんなで唱えるが、ここでは一人、海に向かって唱える。なるほど、なるほど」と考え込んでいる。

「考えると船酔いするぞ」

すると何か思い付いたように、

「片帆？　片帆か。誰かに聞いてこよう」と立ち上がり、

「気を付けろ。舟の上で詰まらんことを言うと殴られるぞ」弥八の声なぞ気にもせず、よろよろと歩いていった。

一人になって岸を眺めていると、弥八の思いは踊り念仏に向かっていく。

あの時、みおを探しながら虚ろだった胸の内が満たされていた。

みおかもしれないと思うだけで心が躍り、違えば違ったで安堵する。見つけたいのか見つけたくないのか自分でも分からなくなっていた。もし本物だったとしても、きっと違うと言っただろう。

弥八の中で、みおは別のものになったのか。弥八自身が変わったか。

——随風に訊けば何と言うだろう？

一瞬過《よぎ》った思いを打ち消して目を上げた。

なだらかな海岸線の先に難所の岬が見えてきた。あの岬を越えると遠州灘に入っていき、今日はその先の湊で舫《もや》うことになる。

船頭が大声出して舟子を使い、潮と風を探って忙しなく顔を振る。随風も真似て同じ動きをするが、こっちはいかにも素人だ。

船は春空に向かって大きく舳先を回していく。

その日は難所の岬を越えたところで係留となった。

海の上は明るいが、向かいに見える陸地はすでに夕闇に沈んでいる。集落の辺りから、明かりが二つ三つと瞬きだした。

「きれいなものだ」と隣の随風が呟き、頷くのも癪なのでフンと鼻を鳴らす。

「夜になれば辺りは真っ暗だ。坊主の言う無間地獄を味わえるぞ」

「それはそれで恐ろしいような、楽しいような」と減らず口が返ってくる。

「船は面白いなぁ。もっと早くに乗ればよかった」

「縦に見ると横に見る、か？」

「それもある。あの時は舟人の見方と言ったが、考えてみれば私の目線に似ている」

「坊主は縦の悟り、そう言ったのはお前だぞ。大したものだ、横でも悟りを開いたか？」

皮肉を言っても随風はぼんやりしたままでいる。よく見れば、目がゆっくりと回って口を利く様子はない。西空を染めていた夕明かりも消え、霞んだ空には星が瞬きだしている。

「私はな……」と随風が口を開き、

「私は親族供養のために寺に入った」弥八に向けて笑おうとして笑えず、また岸に向く。

「侍の家ではよくあること、そう言いたいのだろ？　しかし考えてみろ。顔も知らない係累の殺生供養や往生願いのために、生を始めたばかりの子供へ欲も俗も捨てて死ぬまで経を唱えていろと言うんだ」そこで言葉を切り、

「生殺し。そうは思わぬか？」と目を上げた。

「それが横の目線になるのか？」

「踊り念仏のとき、お主は女の名を呼んでいたな」

話が変わった。随風のいつもの話し方だ。関わりのない話でも随風の中ではつながっていて、話すうちに戻ってくる。弥八は返事をせずに昏《くら》くなる海を眺めていた。静かな海面から、時折白い波頭が競り上がってくる。

「人の名を呼べる者は幸せだ。私は呼ぶ者も居ない」言った後に笑う気配がした。

「あの時、私は外から眺めていた。お主の念仏踊りを眺めるだけ。海から陸を見るのと同じで一緒に騒ぐことをしない。人の生の外に居る者、それが僧侶という――」

「みおだ」

「えっ」

「女の名だ」

「そうか……、みお、と言うのか」言った後、いつもの声色で、

「どういう字を書く？　水路の澪《みお》か？　それなら澪標《みおつくし》だな。そういう古い物語がある――」と話しだした。なにやら殿上人《てんじょうびと》の恋の話を続けているが、弥八は半分も聞いていない。自分がなぜ、みおの名を言ったのか、そして随風はなぜ殿上人の話を始めたのか。

――俺は随風に聞いてほしいのだ。そして随風は関わりたくないと言っている。

「紙くず屋の娘だから美緒だろう。紙の端切れ、その程度の名だ」と話の腰を折ると、随風は団栗

目を上げ、

「私の話を屁理屈と思っているのだろう？　私の屁理屈はな、他人の営みを外から思い描くだけ。理屈ばかり捏ね回して味わおうとしない。味わえないんだ」

言っていることは分からないが、随風の心持ちは響いてくる。

――随風は一人。闇の中で一人居る。随風にとっては屁理屈を言うことがひねくれなのかもしれない。

弥八には他人の心持ちが分かってしまう。子供の頃から偏屈顔ばかりを見ていたからか、偏屈の間で取りなしばかりをしていたからか、抗《あらが》いようもなく人の気持ちが飛び込んできて、なんとかしろ、なんとかしろと騒ぎ立てる。うるさくて敵わない。

弥八は鼻を鳴らしてひねくれを言った。

「俺のことが羨ましいか？」

気配はするが、薄闇に隠れて表情までは分からない。

「ああ、羨ましい。人は自分にないものを欲しがるもの。溺れていても、傍《はた》から見れば遊んでいるように見えるからな」と珍しく皮肉を言う。

「ははっ、溺れているか、上手いことを言う」笑うと気が楽になり、

「俺は女を探している」と何でもないように言った。

随風の頷く気配。

「きっと死んでいるだろう。しかしその証拠がない。だから探すのだが、記憶が朧《おぼろ》になってしまった。

見つけたと思ってもすぐに違うと思い直す。坊主はこれを地獄と呼ぶのだろ？　何とか地獄。どうだ？　羨ましいか？　羨ましいなら代わってやるぞ」

金壺眼で睨んでみたが、随風は腕を組んで考えている。しばらくすると顔を上げて呟いた。

「地獄は嫌だが、女を探すのは羨ましい。きっと良いもの、なんだろうなぁ」

「なにが――」

「怒るな。お主はすぐに怒る。自分のひねくれを返されるとすぐ怒る」と避ける仕草のまま、

「お主は探したいのだ。ずっと探していたい。でも傷口は治りかけている。それならそれでいいではないか。澪標に導かれての舟の旅、どこへ連れていかれても〝みをつくし　恋ふるしるしに　ここまでも〟だ。羨ましいぞ」と笑っている。

何を言っているのか分からないが、癪だから頷いて分かった顔をした。

随風は古い和歌を口ずさんだりして、いつもの調子に戻っている。


次の日は曇り空、船は風を待って帆を張った。

浜野浦はすぐ近く。朝の風は弱く、船はゆるゆると雲に向かって進んでいく。

随風は船頭に何か話し掛け、今日は楽な旅程だから船頭も笑顔で声を返している。舟子の動きが忙しくなると、船扱いの気息が分かるのか随風は邪魔にならないようにと、慣れた歩みで弥八の横へやって来た。

「いつでも舟子になれるな」

「船頭にもそう言われた」

「何を話していた？」

「いろいろだなぁ。知れば知るほど訊きたくなる。船も奥が深い。あっ、そうだ」と顔を向け、

「なぜ、向かい風でも前に進むか、分かったぞ」と顔を覗き込んでくる。〝ふーん〟と何でもないように頷いたが、

「お主、ほんとは知らないのだろ？」とさらに覗き込んでくる。睨み返して〝早く言え〟と目で促すと、

「それはな、風を斜めに受けて舳先を風に向ける。お主のように斜に構えてひねくれる。おっ、これは良い例えだ」とひとり燥いでから、

「お主も言っていた片帆だ。斜めに受けると舳先が回ろうとする。それを舵で抑えると回る力で前へと進む。船は身を捩じりながら前へ進むんだ」

——それがひねくれか。うまいことを言う。

随風がさらに操舵の仕方のあれこれを話し、気を取られている間に船は河口近くにある浜野浦へ向かっていった。

まず目に入ったのは高天神城《たかてんじん》。小笠山稜線の最東端部、そこだけ屏風を立てたように山を盛り上げている。江尻城も河口を抑えていたが、ここは山城で峰の上を曲輪で区切り、小山全体が城構えをしている。

すぐに荷降ろしが始まり、弥八たちは関所で詮議を受けた。

随風の僧籍と如来像の改めがあったが、恵林寺からの寄進状と徳川取次役の添え状もあり、寺同士

の寄進なら徳川方も拒む理由はない。なにより弥八が〝三河牢人〟と分かると態度を改め、旧知を頼って仕官に来たと見たのか、細かく氏素性を聞き取ってから役人同士が頷き合い、二人は放免となった。

ここからは弥八が厨子の入った笈を担がなければならない。厨子中には調略に使う甲州金も仕込んであるから見た目よりも重く、歩くだけで息が切れた。弥八は杖を突き、片足を庇いながらゆっくりと歩いていく。

海を眺めながら山裾の道を行き、随風はひとりで声を上げていたが、弥八はそれどころではない。汗を流して後ろに連なり、雲の流れを気にしていた。ひと雨来るかもしれない。足を速めて昼過ぎには普門寺のある郷村へ入っていった。

村と言っても空き家が多く、人影はまばら。弥八たちと顔を合わせても家に隠れるか、不審の目で睨んでくる。村周りの田畑は大半が荒れ放題で手を入れた様子が無かった。

田を見れば土地百姓の心根が分かる。

——土地も水もあり、気候も良いのにこの荒れようだ。田作りの心根が萎えている。

遠州は長い間、戦乱に巻き込まれていると聞く。

斯波氏と今川氏の領地争いの主戦場として長年軍馬が行き交い、やっと今川領で落ち着いたが、それもつかの間、今度は徳川と武田が攻め込んできた。実際には大名の名を借りた親族家臣同士の争いとなり、いざこざは長く続いている。

そして寺も荒れ果てていた。

寺伝では謂れは古く、数々の秘仏秘宝もあったと言うが、今は見る影もない。本堂と宿坊を残すだけで、あとは大門も土塀も打ち壊され、堂蔵は焼け跡を晒《さら》していた。

本尊も、噂に聞く秘仏も住職たちとともに別寺に移っているとのこと。長く続く戦乱で檀家衆は四散して今は立ち寄る者も居ないと、涙ながらに話す寺守を励まし、布施銭を渡して必要な仏具を揃えさせた。

翌日は小糠《こぬか》雨。如来像を安置して随風が読経を始めた。

堂内に経文が響くと、それだけで往年の法光が射し、寺も風格を成してくる。

読経の続く中、早速に来訪者が現れた。

「大須賀様でございます。近くの馬伏塚《まむしづか》城を守って居られるお方にて」

寺守が弥八に耳打ちしてきた。

大須賀康高には覚えがある。大須賀も酒井将監に仕えていたが、三河一揆では元康、今の家康に与していた。本堂に来ずに弥八を名指しで呼び出すなら、関所からの知らせを聞いて探りを入れに来たのだろう。弥八は宿坊で会うことにした。

部屋に入ると大須賀は丸顔をほころばせ、

「将監殿の騒動以来だな。達者か？」と屈託のない顔をする。

弥八は木皮染めの大紋素襖に着替えて髭も短刀を当て身ぎれいにしている。これも調略者の心得で、身嗜みで金回りの良さを示す。

「まあ、なんとか暮らしております」

「お主は騒動の後、石山本願寺へ行ったと聞いたが……」

「今は武田に寄宿しております。いえ、仕官したのではございませぬ。信玄公の食客のような者にて、このような雑用を行っております」

大須賀は笑みを残したまま弥八の真意を探っている。徳川の出奔者が武田の使いで来たのだ。何らかの思惑がある、そう見て当然だろう。弥八は用意してきた言い訳を使った。

「この悪い足が気に入られたようでして、亡くなられた山本勘助殿を思い出されるのでしょう。昔話のお相手などを務めています」と何でもないように言い、信玄へのつながりを示すと、

「なんと、武田の御屋形様の近くで仕えているのか。そりゃあ大したもんだ」と笑いたくなるほど生《うぶ》な応え。隣の田に挨拶するような声色に、三河の田地が目に浮かぶ。本願寺で商人や寺侍と駆け引きばかり行ってきた弥八には、面映《おもはゆ》くなるような単純さ、そして懐かしくもある。

「聞くところによりますと、大須賀様は近くの城の主とか。寺からの年貢も滞っていると聞きました。これは――」と小袋を押し出した。

「まずは顔合わせのお礼として」

「なんだ、銭か？」

「いえ、甲州金でござる」

「金？　そのような高価なもの、お主から貰うわけにはいかぬぞ」言いながら目は袋から離れない。

〝そうでございますか〟とすぐに引っ込めたが、これは見せただけで十分。

「それならば如来像だけでも拝んでいってくだされ」

このように言っておけば、如来像と弥八の噂が徳川方に流れるだろう。旧知の者や下心のある者が、拝観を理由に弥八に会いに来る。

随風の経はいつもの声明に変わっていて、雨の中をしめやかに響いている。弥八が大須賀を連れて本堂へ戻ろうとすると、外から人声がした。

「弥八。弥八か」

馬を飛ばしてきたのか、蓑笠姿の年寄りが弥八を見て声を上げた。雨に濡れた顔がぎゅっと絞られ、見る間に雫が落ちてくる。嗚咽とともに抱き付いてきた。

「生きておったか。よく生きていた」と骨張った体が絡み付き、蓑の雫で弥八も濡れた。

「夏目様も――」「何も言うな。何も言わず、このまま……」と言葉が続かない。

夏目吉信とも本證寺で別れて以来。祝言に立ち合ってもらい、万歳の真似事をしてくれた。年を取られた。

髪も白髪が増え、抱き付く体も痩せている。

「戻ってきたのだな。よう戻ってきた。顔を見せろ。よく見えんぞ」

見えないのは夏目が泣いているからだ。弥八は白髪頭を見ながら夏目の感情を持て余していた。

一揆当時の夏目吉信は、地侍や百姓身分の者たちをよくまとめ、崩れがちな一揆勢を統率し、徳川方へ寝返ってからは、本證寺との交渉や他の侍たちの処遇に尽力していた。

「わしに任せておけ。殿にはわしから取りなしてやる」

宿坊に戻ると、夏目はすぐに切り出した。

「夏目殿。弥八は仏像寄進で来たそうじゃ」と大須賀が代わりに応えを言うと、

「なぜじゃ？　なぜ戻らぬ？」と丸い黒目が睨んでくる。

「まあまあ、夏目殿、弥八にも考えがあるのだろうよ。そう急《せ》かさんでも」これも大須賀が代わりに答えてくれた。

「考えるな、弥八。お前が考えると碌なことはない。また、ひねくれが出るぞ。お前の悪い癖だ」

散々な言い様だ。

「わしはな、お前のことがずっと気になっていたんじゃ。だめか？　わしの〝帰ってこい〟では、だめか？」

困った。この暑苦しさが妙に懐かしい。

「私は寺使いとしてここに来たんです。まずはこの役目を全うしなきゃあならんのです。夏目様、分かってくだされ」

「お前、武田に仕官したのか？」これにも大須賀が口を挟む。

「食客らしい。まだ仕官はしていないぞ。それでな――」

その後も大須賀が今聞いたことを話すと、

「女房はどうした？　あの娘、みおはどうした？」不意に訊いてくる。

弥八は一呼吸溜めて、

「今は離れております」早口で言い、なんでもないように頷いた。

「そりゃそうだ。お役目でここに来ている。女は甲府に居るのだろうよ」と大須賀。

「そうか。それならまずはみおを呼び寄せるのだ。話はそれからだ」

〝しかし夏目殿。女房は武田への人質という意味合いもあるぞ。そう容易《たやす》く呼び寄せはできんだろうよ。何か口実を付けんと――〟弥八も大須賀の口に合わせて相槌を打っていく。

夏目は大須賀の話を聞いていない。弥八を睨んだまま、

「弥八。お前、武田に頼まれて徳川者の調略に来たな」と呟いた。

「そのようなこと……」と芋顔を向ける。何を考えているか分からない顔。こういうときに本多顔は役に立つ。

「まあ、よい。お前が徳川に帰参すればいいだけじゃ。どうだ、戻らぬか？」

「夏目様は私のことを買い被られておられます。私はそのような、夏目様の考えるような者ではありませぬ」

「臍曲がりのひねくれだ。そんなこと、よう知っておるわ。家康様がそうだからな。だからお前に帰参してほしいのだ。徳川も身代が大きくなってな、他国者も増えておる。今までのような気心の知れた、おい、お前では済まなくなっている。つまり御前評議での、なんと言うか、政治だ。お前なら分かるだろ。わしの手に余る。それにわしはこのように真っ直ぐな男で、お前のようにひねくれていない。それとこの年じゃ」

弥八は言い返そうとしたが、いろいろ言われてどれにひねくれようか迷ってしまい、とりあえず〝まだまだ、お若い〟と年のことを言ったが、これはひねくれでも何でもない。

「その年ではないわ。殿様との年の差を言っておる。つまりじゃ、わしが言うと年寄りの小言になる。

殿にはお前くらいの年恰好で、的を射たひねくれを言う者が必要なんじゃ」

——必要。俺が必要。

夏目の言葉が澱のように沈んでいく。目を上げていられずに俯いたままで居ると、

「みおのこともあるし、お前にも都合があるだろうから急ぎはせぬ。しかし考えてくれ」

黙って聞いていた大須賀が〝そうだ、そうだ〟と呟いて、

「そうだぞ、弥八。わしらは三河者じゃ。三河の田んぼでつながっている。そういうことですな、夏目殿」と的外れなことを言う。

「そういうことだ。わしらはな、もう三河者同士で殺し合いはしとうない。しとうはないんじゃ」と
夏目も話を合わせている。

夏目の話に声を詰まらせたが、勘違いしたのかもしれない——考え直して目を上げると、夏目は〝じとうはない〟と何度も呟き、そばでは大須賀も〝そうじゃな、そうじゃなぁ〟と頷いて、なにやら三河の村寄合になっている。


次に来た者は弟の三弥だった。

宗家の本多平八郎と連れ立って、両者と本堂で向かい合った。二人とも相応に年を取り、ごつごつした芋顔にも貫禄が付いている。

「弥八さあ、えりゃあ年ぃ取ったなぁ」三弥が無神経に思ったことを口にする。

「お互い様だ」

「ゴミ屋の女は？」

「うむ……」と言い淀むと、

「死んだか？」と踏み込んでくる。

「行方知れずだ」

「死んだようなもんだ」と放るように言葉が返ってきた。父のことを訊くと、

「よお知らん。鷹を相手に山をうろついているからな。死んだの知らせもないから生きているのだろうよ」と相変わらずの三弥だが、こっちはどうだと、平八郎へ顔を向け、

「夏目様から聞かれたか？」と話を振ってみる。

芋顔が頷いて、

「金子で人を釣るらしいな」と睨みにも貫禄が付いている。弥八が首を捻って考える素振りをすると、

「三弥にも釣り糸を垂らすと思ってな、先んじて連れてきた」と策士のようなことを言う。猪武者には似合わぬぞ。

「武田様は由緒正しい大大名ですからな。徳川者は寝返りを気にして当然でしょう」

平八郎は鼻を鳴らし、

「何を言うか。御家の隆盛は知っておろう。今や徳川も名の知れた国取り大名だ。戦侍なんぞは多く来るぞ。陣借り者などがな。お主もそういう輩と思うてな、顔を見に来た」と鼻息が荒い。誘えばすぐに突っかかる、やっぱり猪だ。

「人が足りぬからな。お主の親父《おやじ》も放逐されずにおるわ」

「鷹匠のままですか？」

「うむ。鷹狂いだ。なにが面白いのか、殿様もお主の親父を追って鷹狩ばかりに出掛ける。皆からは鷹狩ではなく〝弥八郎狩り〟と言われておる」

　鷹を追って父が走り、その後ろを家康が馬を駆る。そう思うと可笑しみも湧く。

「近頃は鷹の巣探しに夢中だ。山中をうろついて、まるで山人のようだ」

〝山人〟の言葉に犬爺を思い出す。巣を見つけては雛《ひな》鳥をさらってくるのだろう。卵を託す鳥を狂いものと呼んでいたが、雛をさらうのも狂いものか、そんなことを考えて、つい言葉になった。

「山人か……、山人なら俺も知っている」

「ほお、お主も鷹の子を探すのか？　フン。鳥を狩るなら弓矢でいいじゃあねえか。鷹狩なんぞ、山人の狩り方だ」

「お前は知らんだろうが、鷹狩は高尚な遊びだぞ。高貴なお方は弓矢なんぞで己の手を汚さぬものだ。お前たちも家康に飼われる鷹と一緒。言われたとおりに人を狩る。鷹匠のほうがまだマシだぞ」

　平八郎の片頬が上がる。さすがに噂に聞く猛将だ。修羅場を潜り抜けてきた男の気迫が迫ってきた。

「やはり臍曲がりか。夏目殿からお主のことを聞いてな、それで三弥とともにここに来た。お主がどれほどの者になったか、わしの目でも確かめてみようと思ってな」

　怒りに任せて席を立つかと思ったが、少しは我慢を覚えたか、さらに言葉で誘ってみる。

「俺の知恵をお前は分かるのか？　こりゃ初耳だ」

平八郎はまた鼻を鳴らし、

「わしが言うのではないわ。夏目殿が言うのだ。昔、寺で殿と話しただろ。ああいう話のできる奴が必要なのだそうだ。何か、こう……、言葉を使って腹を探り合う、お前のようなひねくれがな」

言った後に顔が歪む。

平八郎には分からないのだ。分からないものは認めたくないのが人情。夏目様の話を聞いて様子を見に来た、そんなところか——と、今度は三弥に声を掛けてみた。

「武田は戦が多いぞ。それも出戦だ。力次第でいくらでも武功を挙げられる」

「そりゃあいいなぁ」と目を輝かせる。

平八郎が睨むが、気づかぬ振りをして、

「徳川はどうだ？」と話を振れば、

「殿様は戦下手だ。頭でっかちで兵の気息が分からない」

「これ、三弥。そのようなことを言うでない」

「これは平八郎殿が言ったことではないか」と言い返す。

弥八は二人を見遣《や》ってから念を押した。

「そうか。殿様は戦下手か。それは家臣としては不安だな」

「だがな、殿様は羊羹《ようかん》をくれる」

「羊羹？」

「蒸した羊羹だ。昔住んでいた駿府から取り寄せるらしい。これが旨い。こんな旨いもん食ったこと

がない。こうやって――」と食べる真似をして、

「口の中で蕩《とろ》けるんだ。考えただけで唾が出る」

「羊羹を貰うのか？」

「そう。細かに切って、皆に配る。みんな同じ大きさだぞ。殿様も同じ。その場に居なかった者は覚えていて、次のときには声が掛かる。旨いんだぞぉ」

「羊羹か……」

家康の様子が目に浮かんでくる。男たちに囲まれて小さく切り分けていく。誰かが何か言い、言い返しの言葉に笑いが起きる。家康は何か講釈を言いながら羊羹を一欠片《かけら》ごと各自の掌に載せていき、声の合図で皆一緒に食べる。口の中で羊羹が溶けていく。

三弥たちの心根が胸に迫ってきた。いつもの癖で、情景とともに者どもの気持ちが飛び込んでくる。誰かが声を上げ、これに応えて家康が自慢声を出すと別の男が言い返す。田舎領主の囲炉裏端のようだ。

――さもしい男たちを羊羹で釣りおって。その男に騙されるな。

いつものようにひねくれてみたが、今度は家康の心根まで飛び込んできて、じっくりと味わってみる。羊羹のように甘い。

「だから」

声に顔を上げると、偏屈顔が笑っている。

「武田に誘われても行かぬぞ」

——そうだろうな。

三弥も昔とは変わったようだ。

六

その年の十月三日、武田軍は遠州徳川領への行軍を開始した。

信玄の目的は北遠州と奥三河を攻め、天竜川まで領地を広げること。それで遠州の東半分を切り取ることになる。山を越え、谷を渡って北から遠州平野へ雪崩《なだ》れ込んでいく。

随風は夏前に甲府へ戻り、寺に留まっていた弥八も、徳川方の密偵らしき者がうろつきだしたこともあって一旦は江尻に退き、駿河の武田軍とともに大井川を渡り東から遠州へ向かった。

遠州は東を小笠山、西を遠江《とおとうみ》に区切る広大な平野であり、中央を天竜川が穿《うが》ち台地を東西に分けている。台地と言っても東側は低く緩やかで、肥沃な穀倉地が広がっていた。武田の狙いはこの田畑だ。北からの信玄本隊と合流して天竜川以東を制圧していく。

まずは城砦を囲み、籠城させる。

元々は今川配下だった国人領主であり、耐え忍ぶほどの義理も忠誠も無い。すぐに開城に向けての条件交渉となり、そこで役立つのが弥八たち調略者のつながりだ。文のやり取りをして密かに会い、腹の探り合いをする。

交渉の間は兵糧米の徴収を行い、拒めば刈田や乱取りとなった。

武田勢は二万を超す大軍。だからこそ米を貯め込む秋に大軍を動かした。兵糧は現地で賄うのが常であり、包囲が長引けばそれだけ地元の負担は大きくなる。遠州は戦の多い土地であり、何度も主家を変えた国衆ならその辺りの呼吸は心得ている。

開城交渉を行っている弥八のところに、信玄本隊から早馬の報せが来て、家康の首実検が必要とのこと。

〝家康が死んだ〟

鳥肌が立った。

三弥の顔、夏目の皺枯れ顔も浮かんでくる。

三ッ者《みつもの》（武田の隠密集団）に囲まれて馬を駆り、遠州平野を突っ切って台地の上に登っていく。すると、遠州灘の見える台地縁《ふち》に武田の軍馬が屯して、その中を本陣に向かって走り込んでいった。

見降ろせば、段差中央の狭地で両軍が槍刀を交えている。

人数は武田勢が勝っているが、徳川方は傾斜地を利用して戦域を限り、武田勢の騎馬を押し止《とど》めていた。この隊が徳川の殿《しんがり》軍なのだろう、遠く天竜川を徳川本隊が渡っている。武田の別動隊が迂回しているが、追い付くことはできそうもない。

「待っていた」

近習らしき騎馬侍が弥八たちを迎え入れ、

「しかし首は取り損ねた」と髭《ひげ》を噛む。

その声で中央の騎馬武者が振り返った。

〝馬場様じゃ〟三ッ者の囁きで片膝を付く。

馬場信春、鬼美濃と呼ばれる武田四天王の一人。名を惜しむ器量人との噂。いくつもの逸話がある。

こちらを向いたまま、

「お前が実検者か？」と兜庇《ひさし》を上げた。頬骨の張った顔を振り、

「あそこで戦っている者が分かるか？　あの、指揮を執っている男だ」と戦場を指した。

ヤクの毛の付いた兜を振り、鎧侍が走り回っている。刀を振りかざして自軍の兵卒を鼓舞し、自らも刀を振り回しては片手で槍を突き出していた。とても指揮者とは思いない。それほどに徳川方の殿軍は追い詰められていた。この地を死守するつもりらしく、死んだ馬を盾にして武田の騎馬を追い返している。

「あれは……」と息を呑んだ。

――平八郎。

呑んだ息を絞って声にする。

「あれは本多平八郎忠勝」

よく見れば三弥も居る。平八郎の横で馬を狙って長い槍を突き出していた。

「本多か。旗印がないから分からなかったが……。そうか、本多平八郎か。道理で手強いわけだ」

戦える領域は狭いため、武田の将兵はここで休憩しては順次新たな戦力を投入している。それに比

べて本多隊は休む暇がない。家康本隊を取り逃した武田部隊も戻ってきたので、上下から挟まれる形になったが、それでも戦力を振り分けて防衛線を張っている。

勝ち目の無い殿戦で、士気を保ち続ける徳川武将の名が話題になったのだろう、馬場の呟きは近くの将兵へひそひそと広まっていった。

使い番が戦の経緯を囁いてくる。

徳川部隊は威圧偵察、つまりは小規模な攻撃を行いながら敵情を知る偵察行動に出たようだ。機動性を重視するため騎馬小隊が基本であり、大将の家康が同行するとは思えない。諜報に長けた武田方の三ッ者より家康が居るとの情報が入ったが、信じる者は少なかった。

まずは台地内部に誘い込み、十分に間合いを測ってから一撃した。その時の徳川部隊の慌て様が尋常ではない。部隊を二つに分けて逃がそうとした。

〝家康が居る〟

馬場隊は勇み立ち、台地南端まで追い詰めたが、一本残った道を本多隊は死守し、その間に家康が天竜川を越えて逃げていった。

残るは本多隊だけ。あれでは逃げようがない。将も兵卒も死ぬ気だ、鬼心の気迫がある。

――それを俺はここで黙って見ている。

鳥肌が立ち、震えが起きた。

何もせずに見ているだけがどれほど苦しいことか、これは随風の言ったこと。随風の心持ちが初めて分かった気がする。

――屁理屈でも言って気を別に向けなければ、自分自身を保てない。

下では平八郎が何か叫んでいる。それに応えて槍や刀を振り回す男たち。最後が近づいているようだ。それは両軍とも分かっている。

「止《とど》めを刺すか」と馬場がぽつりと言い、周りの者も無言で戦闘準備を始めた。総攻撃の体制に入るが、その動きに影がある。

ここで休んでいる間、本多たちの戦いを見ていた者たちだ。平八郎たちの心根を感じ、通じ合うものができている。

――屁理屈はないか。ひねくれでもいい。何か、何かないか。

弥八の顔はひねくれにできていて、こんな時でも詰まらなそうに口が歪む。その顔で馬場に呟いた。

「あのような者たち、殺すのは容易《たやす》いこと。しかしどうでしょうなぁ?」と首を捻って横を向く。

〝なんだ〟と馬場が睨んできた。

「〝多勢で動けぬ傷兵をなぶり殺しにした〟このような噂はすぐに広まるもの。〝なぶり殺し〟そうではありませぬか?」

馬場の視線が動く。

――馬場も平八郎を殺したくないのだ。

高みから眺めていれば、そこで戦う者たちの心持ちが分かってしまう。戦侍の心根が通じ合うのか、それとも響き合うのかもしれない。

「困りましたなぁ。我々交渉役はこのような悪評が一番困るのです」と〝悪評〟を強く言う。

「悪評だと？」

声には身震いするような殺気がある。大概の者は震え上がるが、弥八は金壺眼で受け止めて、顎を突き出す頷きをした。

「そう悪評。いえ、これは私が言うのではありませぬ。交渉しているここの国衆が言うのです。折角《せっかく》、開城しようとしている者に疑心が生まれる。自分たちも騙されて殺されるかもしれない、と」

言ってから睨み返し、

「これを徳川方は悪評に仕立て上げますぞ。御高名の馬場様が籠もっている小隊をなぶり殺しにした。これを籠城している遠州の国人たちがどう見るか？　いや徳川方がどう見せるか？」

馬場が考えている。

「噂は作るものでございます。これは調略のイロハ。それを狙って家康はあのような小隊を捨てていったとも考えられます。なにせ駿河の鉄漿《おはぐろ》侍。智謀ばかりを頼んで武勇を馬鹿にする。あの男も」と戦場の平八郎を顎で指し、

「猪侍と疎まれているとのこと。捨てられたとも知らずに死ぬ気で戦っておる。馬鹿な奴だ」

馬場が目を剥いた。

〝ぐつぐつと煮えておる。そろそろ頃合いか〟蕎麦がき汁でも混ぜるように囁いていく。

「あの者とは顔見知りでございます。寝返らせること、できるかも……」

馬場の思案顔が戦場に向き、そこでは平八郎が大忙しで手足を振り回している。

「殺すには惜しい男だ」

呟きを残して馬場は本陣に戻っていった。戦目付と談判するようだ。

弥八は馬場の背中をじっと見つめていた。その間に、平八郎の胴間声《どうまごえ》が敵味方に響く。

「みんな、よう戦った！　ようやった！　これより、落ちるぞ」

逃走するつもりのようだが、本多隊の馬は坂の防戦で乗り捨てていて、誰かがそれを言い返している。三弥の声かもしれない。言い合いが大きくなり何人もの声が重なって、ついに平八郎が癇癪《かんしやく》声を出した。

「ええい、うるさい。分かったわい！　俺が弾避けになるわ。続け！　駆けるぞ！」

言うが早いか、坂を駆け下っていく。他の者がそれに続く。歩く者も、肩を担がれた者も居る。傷病兵のような一団がよろよろと後を追う。

本陣にいた馬場が馬首を回し、

「あのような者を殺せば、武田武者の沽券《こけん》に関わるぞ」と野太い声を出し、

「戦は終わった。逃がしてやれ」と口角を上げた。

すぐに復唱が伝えられ、伝わるごとに安堵声が漏れてきて、中には笑い合う者も居る。やはり殺したくなかったのだ。隊列を組みながら、それでも時折振り返り平八郎たちへと目を遣っている。

弥八も平八郎の後ろ姿を眺めていた。横に居るのが三弥なのだろう、怪我人に肩を貸して頻《しき》りに何か話している。

あの偏屈三弥も人らしく生きている、そう思うと胸が熱くなり、急いで目線を逸らした。

川の向こう、三弥たちの向かう先には浜松城が霞み立ち、天竜川は支流に分かれて光の帯を重ねて

いる。その先は遠州の広い海、夕日を受けて煌めいていた。

元の城攻めに戻ると開城交渉はすでに済み、城門近くを人々が行き交っている。門を潜《くぐ》ると武装解除の一団とすれ違う。兵馬検《あらた》めの横には武器武具が積み上げられ、そこここから声が上がり、城内は開城後の安堵と喧騒に包まれていた。

笑い声に目を向ければ見覚えのある男。

長安だ。

小袖の上に広袖膝丈の水衣《みずごろも》を着け、頭には立烏帽子。人輪の中で猿楽でも踊っているのか、目立つ顔造作に手足を添わせ、仕草のたびに笑いが起こる。

〝開城の祝い猿楽だ〟と三ッ者。〝縁起ものだからな、本陣から遣わされたんだろう。見るのか？　俺は先に行くぞ〟と離れていった。

長安は餅搗《つ》きを演じている。

何もない場所で餅を搗き、伸《の》して丸餅を作る。杵臼も餅もないのに、長安が演じるといかにもそこにあるようだ。湯気の立つ餅をつまみ食おうとして伸びた餅で苦労する。見ている者にも餅を持たせ、そこら中が餅だらけ。

長安は言葉を使わずに皆に食おうと誘い、最後は一緒に餅を食う。いくらでも餅が食え、腹いっぱいの笑い顔になったところで猿楽芸を閉めた。

――大したものだ。

あの嘘つき長安も猿楽師だったんだと、見ている弥八も餅を食った気になる。

目が合ったので頷きを返すと、

「弥八郎様も餅を食いますか？」人懐っこい仕草で掌を向けてくる。餅を載せているつもりなのだろう、弥八は一口で餅を飲み込み、

「本物の餅は無いのか？　お前の餅は腹が空《す》く」とケチをつけた。

「見立て。見立てですよ、弥八郎様」と残った餅を食べる真似をして、食おうとして餅が伸び、千切った指を舐めてから、

「搗いた気分になればいいのです。丸めた気になり、食った気になる。それで八方丸く収まるのです。幻のようなもの。幻、幻。幻を、さて、皆で描いてみましょうぞ」と拍子を付けて言う。まだ猿楽の余韻が残っているようだ。

「やはり、嘘つき長安だ」

長安は口角を上げて上目遣い。ちょっとした仕草で表情が変わる。

「猿楽は何もないところで演じるのです。それには見立てが必要。見ている方々の気を集め、幻を見せるのです。初めは笑っていても、そのうち本物が見えてくる。見えてくればどのようにでも操れます」と意味深なことを言う。

「猿楽は鬼神や人霊を演じるものと思っていた」

「それも見立てです。見えないものを見てみたい。誰でもそう思います。だから演じるのですが……これが難しい。誰も見たことがないのですから……。しかし餅なら」とまた掌の餅を伸ばして、

「簡単です。誰でも知っている。だから騙される」と笑い顔を向けてくる。

弥八はいつもの癖でつい言い返した。

「みんな、餅を食いたいからな、だからその気になっている。騙されたわけじゃあ――」

長安の目線が動き、何かを追い始めた。

両手で打とうとして逃げられ、また両手で追う。弥八の耳元に蚊の羽音が聴こえ、音を追い始めると〝パシリ〟と長安が手を打った。

〝ほら〟と掌を見せると、何も無い。

「この時期、蚊は居ませんよ」とへらへら笑う。

また騙された。

「何もないからこの芸は効くのです。鬼神から人霊、古人《いにしえびと》まで。何もないは何でもなれること。これも信心なのです。猿楽への信心。信心深い弥八郎様ならお分かりになりますでしょ？」と言葉を連ねてくる。

「何が信心だ。俺はな、信心から一番遠くに居る」

「そうですか？　そうは見えなかったけど……。まあ、そういうことにしておきましょう。〝信心の遠くにあるは心身に、参陣いたせば三人の、山人犬爺山の人、信心囲って何思う、はてさて、さあさあ、何思う〟」話を猿楽師の浮かれ謡に変えていく。金壺目で睨んでも、

「ははっ、信心と言えば、随風殿には会われましたか？」と弥八の視線をするりとかわす。

「随風も来ているのか？」

「二俣《ふたまた》城包囲の本陣に居られます。何かと忙しくされていますよ。戦場では〝信心〟が必要ですから」

信心の言葉にまた睨んだが、長安は平気な顔で話を続けていく。

「私に言わせれば、お坊様も見立て芸を使われる。見たこともないのに、地獄極楽を創りだす。そうは思いませんか。随風殿も――、そうだ随風殿の話。少し変わられたような……。あの方は会うたびに変わられますからよく分かりませんが、弥八郎様も一度お会いされたらいかがでしょう？」

――随風か。

思い出す顔はいつも団栗目を回している。

「それと、犬爺も一緒です」

「犬爺？　あの湯治場の犬爺か？」

「そうなのです。私も賦役衆の中に見つけたときはびっくりでした。しかしよくあること。山人は人別に入らないでしょ、だから賦役の頭数に入れられるのです。それに米を食わないですからね、重宝なんですよ。団栗さえ目を瞑《つぶ》れば、米の食い扶持は山分けできる」

「しかし、あの犬爺に戦ができるとは思えんが……」きっと、戦場で追い使われるのだろう、それを思うと胸が疼いた。

「私もそう思いまして、随風殿の雑人《ぞうじん》にしてもらいました。犬爺はちょっと目立ちますからね。お坊様の傍《そば》なら皆の目も緩くなる」

「そうか。随風も喜んだろう。あいつのことだ、犬爺の話を聞いて何やかやと屁理屈を捏ね回す。そうだろ？」

「それが、そうでもないので……、私にはよく分からないのですが、弥八郎様なら分かるやもしれませぬ」

随風がまた面倒に関わっているようだ。あいつはいつも面倒を呼び込む。

弥八は随風たちの居る二俣城へ目を向けた。天竜川の吹き出し口、山間の紅葉はすでに盛りを過ぎ、奥山に向かって秋枯れを深くしている。


それから戦は停滞していき、武田方は二俣城を包囲したままひと月が過ぎた。

随風たちと再会したのは冬風の吹く夕暮れ。

聞き覚えのある声を追って広場に出ると、随風が賦役雑兵たちに囲まれていつもの声明を唱えていた。

声は茜《あかね》色の空に昇り、強い風に吹き流されていく。拝む者、顔を上げて見つめる者、地に額づく者と様々だが一様に祈りを示している。

弥八もしばらく声明を聴いていた。声色に心根が緩んできて、三河の水田《みずた》を思い出す。田の草取りで汗を拭うと、田を渡る青臭い風、田んぼの風だ。刈り入れ時の埃っぽさ。黄色い稲穂がむず痒く、稲束を作りながら笑いが出る。長らく忘れていた景色がいくつも湧き出てきて、随風の声明も長安の言う見立ての芸なのかもしれない。心の奥底にあるものを呼び寄せる。

声明が終わり説教を始めたようで、随風の高い声に皆が頷き交わしている。

よく見ると離れた物陰に人影がある。

法被《はっぴ》のような上掛けを羽織り、草や布の編み込んだ髪をのぞかせて、犬爺だ。

弥八の気づきを待っていたように四角い顔をこちらに向け、丁寧なお辞儀をする。その後はもじもじしているので弥八が犬爺の処《ところ》へ向かうことにした。

「久しいな、犬爺。随風を待っているのか。なぜ、こんなところで隠れている？」

「弥八郎様、静かにしていてくだせえ。こっちへ」と陣屋陰に連れていかれ、

「あしはお経やお説教を聞いちゃあなんねぇんで」と小声を使い、

「遠くで見ているだけ。随風様がそう言うんで。あしには良くないと言われて。なぜか？　それがどうにも……あしには分からんのです」と囁いてくる。

また何か捻りだしたのだろうが、やり方が頑なで随風らしくない。

「あいつの言うことなど気にしなくていい。見たところ元気そうだな？　戦場はどうだ？」

「どうって言われても……戦場は嫌でさぁ。それはみんな同じで……、でも、長安様や随風様から良くしてもらって、あしは幸せ者です」

「本当か？　今もこうやって邪険にされているのではないか？」

〝いえいえ〟と手と顔を振り、

「これは山人に戻る修行？　なんだそうで。へぇ、あしにもよく分からないんですが、お経やお説教を聞いちゃなんねぇそうで……」と要領を得ない話。

垢じみた顔をほころばせ、依然と変わらぬ表情なのにひどく疲れて見えた。

「飯は、いや違った、団栗か、団栗はしっかり食べているか？」

「ええ、食ってます。この辺りは山人が入らないようで、いくらでも木の実を拾える」

　この辺りは山人が居ないのか、そう思うと山人を探していると聞いた父の顔が浮かび、

「犬爺は鷹の雛をさらったことはあるか？」と口を衝いて出た。

「鷹の雛？　ああっ、鷹の子ですかい。欲しがる里人が居て、頼まれて取るんでさぁ。でも鷹はカミイだから――、カミイですか？　なんて言ったらいいか……、そう、鷹のことでもあるんだけんど、山犬や熊のことでもあるんで――」とまた要領の得ない話になる。

〝カミイは――〟〝カミイが――〟と何度も聞いているとカミイの意味合いが分かってきた。

　カミイは殺生与奪を決めるものを指すらしい。

　鷹は鳥を襲うときにカミイになり、襲われる鳥はギイ。しかしこの鳥も餌の蛙にとってはカミイになり、蛙がギイ、しかし虫にとっては蛙がカミイ、食ったり食われたりとそのたびにカミイとギイが入れ替わる。

「それじゃあ、世の中、カミイだらけじゃないか」との弥八に、

「そうなんで。そこら中にカミイが溢れているんで。あしらはそれが見えるんで」と済まなそうに言う。

「見えるのか？」と眉唾の目を向けると、

「見えます」と当たり前のように言う。

　見えるというのだからそうなのだろうが、どのように見えるのかと訊いても、これまた要領を得ない。もう降参だ。

「まあ、いい。分かった。分かったことにしよう。では、鷹の雛をさらうときはカミイが見えるんだな」

「いいや、見えるのはカミギイだぁ。カミイとギイが混ざってカミギイになるんでさぁ。おっかねぇぞ。獲る人のほうもカミギイだし、守る親鷹もカミギイ。親鷹に見つかりゃ、木から突き落とされる。命がけだ。どっちに転ぶか分からない、それがカミギイでさぁ」

カミギイ——また新しい言葉が出てきた。

随風の法話が終わったようで、男たちが通り過ぎていく。目を戻すと随風が、いつから気づいていたのか真っ直ぐに向かってくる。いつもの随風と違って笑い顔も見せずに、

「居るなら居ると言えばいいのに」と声を尖らせた。なかなか雛さらいに進まない。

「遠くから見ていただけだ。あまりに盛況でな、ここでカミイの話をしていた」

随風は犬爺に一瞥《べつ》を投げてから、鬱屈を抱えた顔で黙り込む。そんな随風に遠慮したのか、犬爺は二人から離れていった。

「どうした。お前らしくないぞ」

「お主に私の何が分かる。私を勝手に決めるな」

確かにそうだ。弥八は随風のどれほどを知っているかを考えてみる。

「そうだな。他人の様子を見て、ああだこうだと屁理屈を捏ねる。自分は見てばかりいるのに自分を見られると〝勝手に決めるな〟と拗《す》ねる坊主だ」

随風が睨むが、その目はゆっくりと回っている。お喋りな随風のこと、我慢できずに何か話しだすだろう。弥八は横を向いて待つことにした。

遠くで夕餉《ゆうげ》の火が焚かれ、足軽たちの姿を赤く照らしている。遠州は風の強い土地で、空は青く陽気は暖かいのに、吹く風は襟元から忍び込んで冷たく肌を刺す。焚火にあたる者たちも甲斐とは違った寒さに戸惑っているようだ。

「カミイの話を聞いたのか？」

随風の声で気が戻った。

「その話を聞いているところに、お前が割り込んできた」

〝そうか〟と口中で呟いて、

「犬爺の話を覚えているか？　湯治場での話」と早口で言う。

「米が毒を使って人を騙している」

「そう、その話。犬爺からいろいろ聞いて考えた。今も考えているんだが……」

そこで言葉を溜め、ゆっくりと呟いていく。

「あの話、稲穂がカミイで、育てる百姓がギイ、そう見えるそうだ。稲穂がな、太ってくるとカミイの色が濃くなって、人は魅入られたようにギイになる。飯を食う姿などはギイ色に染まるそうだ。面白いだろ？　私は面白いと思った。なるほどそういうことか、と」

どういうことか分からないが頷くことにして、随風の語るに任せてみる。

「犬爺はここで私の説教を覗いていただろ？　私が覗くように言っている。犬爺が言うには、私がカミイ、私の説教を聞く者はギイに見えるそうだ。さっきの顔つきもそう言っていた。これも〝なるほど〟だ。人を救う仏が、いつの間にか人を騙して人を支配する。昔は死期が迫れば出家して経を唱え、五色の紐に導かれて極楽往生を願ったもの。それがな、今では誰でも往生する。往生できる。その代わりにいつも念仏を唱えて功徳を積まなければならない。そうしなければ地獄に落ちると言う」ここで声色が低くなる。

「門前市では檀家衆が僧門を使って物を銭に替える。戦でも念仏を使う、今の私のように。念仏を唱えて死ねば往生すると説く。こうやって考えれば、仏は便利が道具——。私は今、何と言った？　仏を道具と言ったか？　この口は焦熱地獄で業火に焼かれ、無間地獄を彷徨《さまよ》うことになる……」

見ると唇が微かに震えている。

「分かった。そうまでして喋らんでも——」

「分かってたまるか。私は喋らねばならんのだ。それが私の、私たる所以《ゆえん》」目を見開いたまま虫のように表情がない。

「仏に尽くして生き、そして死んでいく。生きるために信じる仏なのに、死後の極楽を餌に人の生を食い尽くす。いや地獄を見立てて脅しているのかも……そのような顔で見るな。私も破戒外道だと充分に分かっている」

そんな顔と言われても、俺はどんな顔をしたのか——弥八は自分の顔を確かめてから、

「破戒でも外道でもいいが、俺はな、坊主の嫌な顔を飽きるほど見てきた。地獄に落ちると言って脅すんだ。それに比べたらお前などはかわいいもんだ」と、これは随風への慰めのつもり。

「そうか、一向一揆か。お主は一向一揆を指揮したと言っていたな」と嫌なことを訊く。

「カミイの話はどうなった？」

「それは……それは後で言う。話には順序がある。まずは一向一揆だ」

言い返そうとも思ったが、口を開く前に随風が喋りだした。

「今も見ていただろ。戦僧侶は何をやっても拝まれる。私が誦経や説教をする。すると何でも信じる。私が何か言う。すると有難がって拝む。私の減らず口を、だぞ。病人怪我人などは真剣だ。下手なことは言えん。何でもいいから食べろと言ったらな、土塊を食っていた」

戦の同行僧は仏事ばかりでなく、医者の真似事から相談相手まで兵卒に関わることはなんでもやる。戦賦役の者たちは故郷、親族から離れ、いつ死ぬかも分からないという重圧で心も体も病んでくる。縁者や隣近所に守られていた者にとって、一人で居ることはそれほどに恐ろしいこと。仏の加護に跳び付くのも無理はない。

弥八は思いを言わずに黙っていた。

「何でも信じる。私の言うことだけじゃないぞ。噂も、誰かの冗談も。言葉で騙される。騙されたいのかもしれない」

「村を離れて一人だからな。不安なんだ。騙される方も悪い」

「私が怖いのは騙される方じゃない。騙している私の方だ」言った後に泣きそうな顔をした。

「初めは笑っていた。なのにだんだんその気になってくる。仮の教えを方便と言ってな。以前話しただろ？　どんな高僧の教えも方便だ。嘘とは言わないが、言葉を聞いて書を読んで、各自が勝手に仏を作る」

方便とは教え導くための逸話や仮に設けた教えなど。元々、教法真理を言葉で理解するには無理がある。例え話で有難い気持ちにさせる、それが僧侶の役目なのだろう。

「坊主は方便を使って説教をする。それの何が悪い？　よく分からんぞ」

「僧はな、仏を作る手伝いをする。それが方便だ。しかしこの方便を仏だと思って拝みだす者が居る。つまりは騙される。私も騙している実感が無くなって、自分自身も騙される。私を信じろ、私は正しい、とな。これがどういうことか分かるか？」

分からない。教祖にでもなるのだろうか。

「嫌な奴になる」と呟いた。

「今でも十分に嫌な奴だ」

「それは違う。変な奴を目指しているが、嫌な奴じゃない」

変と嫌、言われてみればそうだが、どっちも同じような気もする。随風は使う言葉にこだわりがあるようだ。

「〝嫌〟の意味もお主と私では違う。お主は今、私の言う〝嫌〟を考えただろ。それはお主の〝嫌〟だ。お主は自分の〝嫌〟で嫌の仏を作る。私の仏ではない」

「つまりは方便を信じるな、そういうことか？」

「そう。お主も分かってきたじゃないか。嘘も方便じゃないぞ。方便は嘘。この違いが分かるか？分からんなら教えるぞ」

随風は先ほどまでの鬱屈を忘れ、自慢げに屁理屈を捏ねてくる。本当に嫌な奴に見えてきた。

「私は親類縁者の供養僧だからな、仏道を究めるなど、そんな大それたことは考えていない。書を読んで、先人の考えにケチを付けたり驚いたりと、その程度の仏道だ。それなのに……犬爺の話が魚の小骨のように引っ掛かる。米の毒。毒は仏道ではないかと……」また唇が震えだしている。

「話が飛んだぞ。お前の悪い癖だ。米の毒がなぜ仏道になる。似ているからと言って同じとは限らんし――」

「はじめは私もそう思っていた。単なる思い付き。小さな穴でしかなかった。それが犬爺を近くに置いて様子を見ていると、思い付きが確信になっていく。米の毒は仏の教え。考えれば考えるほど穴が大きくなる。米の毒、言われたとおりに田の水を分け、己の口に入らぬ稲を刈る。そのように人の心を縛るものは何か。人に取り憑き隷属させるもの。そう思うと、手を合わせる姿が毒に酔い苦しむ姿に見えてくる。毒は仏道か？　穴は足元まで広がって、すぐにでも落ちそうだ。怖いとは思わぬか？」と穴を覗くように足元を見つめている。

「落ちたら最後。信じ続けなければならない。毒などと考える自分が許せなくなり……そして嫌な奴になる」

随風の言わんとすることが分かったような気がする。話はころころ変わるが、出てくるところは皆同じ。つまりは嫌な奴にならない話。

「何か聞きたかったんじゃなかったか？」

弥八の問いに、目玉を回して考えている。

「一向一揆がどうとか」

「おお、そうだった。そのこと。お主に訊きたいことがある」と手を叩いて話しだした。表情も話もころころ変わる。この男の頭の中には何人もの随風が居るようだ。

「一向一揆こそ、信心者の集まり。そうだろ？　そこで指揮するお主は仏と同じ、お主の号令は仏の言葉になる。しかし、お主は嫌な奴にはならなかった。ひねくれ者だが嫌な奴ではない。そうだろ？」

からかっているのかと思ったが、

「どうしてだ？」と真顔で訊いてくる。

思い出したくもない、そう言う前にいつもの場面が目に浮かんでくる。

女子供や年寄りの中から矢立て代わりの前走り(戦の前線での矢防ぎ)の者を集めていく。拝む者、念仏を唱える者、泣き出す者、薄笑いを浮かべる者、皆が一様に虚ろな目を向けて、その中から弥八は明日、死ぬ者を選んでいく。

信心を使って言うことを利かせ、逃げれば不信心となり、鬼と呼ばれて往生できなくなる。だから拒まずに誰もが弥八の指示を受け入れる。それが一揆戦の常道であり、何も考えなくなる。考えずに言われたままをする。

考えないのは信徒ばかりではない。弥八たち寺侍も考えず、何も感じず、人死を決めていく。侍の中にはそれを楽しんでいる者も居たが、弥八は恐ろしかった。慣れてしまう自分が怖かった。

――何があんなに怖かったのか。

逃げてばかりで考えようとしなかったが、あの踊り念仏以来、弥八の中に響く念仏声が変わった気がしていた。

その理由が今、不意に分かった。

恐怖で人を従わせる、それが悪坊主の方便であり、米作りの毒であり、犬爺の言うカミイだ。地獄を恐れて念仏を聞いていると、いつの間にか念仏が地獄につながり、地獄が見えるようになる。長安の言う見立て芸が念仏、そして見える幻が地獄。念仏が連れてくる地獄の中で藻掻き苦しみ、そしてギイになる。殺され食われて、それも仕方ないと諦めるギイ。

しかし方便には踊り念仏もある。法悦という楽しみの方便。念仏が愉楽悦楽になり、その観音がみおに――。

「どうしてだ？」随風の声で我に返った。

〝嫌な奴にならなかったのは、みおを探していたから、みおという名の法悦を求めていたから……〟

「それは――」と言いかけて、いつものひねくれが出る。

「それは俺がひねくれ者だからだろう。ひねくれて風に逆らう」

言いながら、随風から聞いた操船の話を思い出した。

「お前は信心のための説教を方便と言っただろう。方便の嘘。俺たちの周りにはな、方便という風が方々から吹いている、俺の言うことを信じろ、俺の話は正しいと。信心の帆を張れば、お前のような世間知らずはあっという間に流される。俺は違うぞ。斜に受けて横へ舵を切る、片帆にするんだ。分かるか？　つまりはひねくれる」

随風が〝なるほど〟と目玉を回している。なるほどは弥八も同じ。一向一揆の風の中で吹き流されずに居られたのは、みおという道しるべと、弥八のひねくれ性分のお陰だったのかもしれない。

「何を笑っている」随風の声で顔を引き締めた。

「笑ってなぞいない」

「いいや、笑った。そうか、分かったぞ。これも方便だな」と睨んでくる。しかし少しは鬱屈が晴れたようで、真帆と片帆の方便になんだかんだと講釈を加えだした。

「カミイの話はどうなった？」

「カミイ？　ああ、それはまた今度な。今は片帆の話にしよう」と好き放題に話を広げている。

聞きながら、弥八も一向一揆戦の悪夢から救われた心持ちになってくる。いつものように闇底へ落とされるが光が見える。細い光だが光に向かって帆を張れば、ひねくれながら前に進める気がした。

七

二俣城包囲のまま二ヶ月が過ぎ、それでも城は落ちない。

武田方は火矢、水の手切り、金掘り攻め（土塁崩し）などを繰り返し行うが、二俣城はそれらを頑強に跳ね返し、貝のように蓋を閉じて動く気配を見せなかった。

その間、二万を超える将兵は兵糧米を食う。この兵糧も遠州の百姓から徴収し拒めば強奪する。煮炊きの木材も必要であり、そのような物資が各村から運び込まれていた。大軍の行動にはこのような兵站が最も重要であり、出戦ばかりの武田軍が得意とするところ。弥八はこの手際良さに感心していた。
そこに夏目吉信から内密に会いたいとの連絡が入った。

弥八にとって徳川方との密会は望むところ。しかし夏目の名に気が重くなる。きっとまた、戻れと言いに来るのだろう。

同意の伝言を返すと兵糧運びの列に紛れて会いに来ると言う。場所はこちらで用意すると言っても、いつもの頑固さで隠れて会いたいとのこと。当日、弥八は百姓たちが押す荷駄の列を眺めて待つことになった。

百姓たちは年貢米も兵糧米も取られている。残った米はこの冬を越すためのもので、これを取られては流民になるしかない。それでも狼藉されるよりましと、自分たちで武田陣地に運び入れていた。

弥八には百姓の気持ちがよく分かる。三河でも刈田乱取を受けていた。田畑を荒らす他国者の食い扶持のために大事な籾米《もみ》を運び込むのだ。〝疫病神〟それが戦侍への呼び名になっている。

「本多様でございますか？」

頬被りをした百姓姿の男が声を掛けてきた。拵えは百姓だが、歩く姿や顔付きがいかにも侍だ。顎先で頷くと〝こちらへ〟の仕草をして前を行く。薄《すすき》を分けて藪に入ると、河岸段差の開《ひら》けたところで夏目が待っていた。

継ぎはぎの麻衣に短袴、皺顔を菅笠に隠して、こっちは百姓姿が板についている。弥八を呼び寄せてから、男へ顎を振って辺りを見張れの合図をした。

この段差からは天竜川の蛇行がよく見える。

天竜川は二俣川と合流し、狭隘《きょうあい》の谷間から一気に遠州台地へ吹き出している。そのためか、大きく蛇行して広い河道に幾筋もの支流を作っていた。この支流も雨が続けば暴れだし、川を集めて河岸を削っていく、竜と名の付く暴れ川だが、今は遠州灘に向かって静かに流れている。

人の気配がして、見ると麻衣に腰当て尻皮を付け、蓑を羽織った男がのっそりと現れた。頬かむりから覗く、白髪交じりの髭面。

父だ。

夏目が声を掛けてくる。

「お前に会いたいと頼まれてな。わしはあっちに居るからゆるりと話せ」言うとそのまま離れていった。

父は変わらぬ偏屈顔を上げ、鳥の姿でも探すように横を向いたままで居る。

「お久しぶりです」弥八の声に応えはない。

「殿様の鷹匠をされているとか」

「あいつは俺が居なけりゃ何もできんし、分からん男だ。だから、教えている」

「殿様を、ですか？」

「殿様だろうと鷹から見れば同じだ。それを教えている」

父の偏屈話に頻《しき》りに頷く家康が浮かんできて、何やら楽しげだ。家康は早くに父を亡くし、その後は親族から離れて人質のまま大人になったと聞く。それで主従でもなく利害もない、父のような偏屈を面白がるのかもしれない。

――親子に近い関係か。

父と距離を取ってきた弥八には羨ましくもある。

「今日はお前に頼みだ」

それで会いに来たのか、と緩んだ気持ちを硬くした。

「何でしょう？」

「お前は山人に知り合いがいるとか。三弥？　いや、平八郎から聞いた。それで頼みだ。鷹の雛鳥が欲しい。どうだ？」

――帰参を勧めるでもなく、親子の話でもない。鷹か。

「今は秋ですから、雛鳥の時期ではないのでは……」

「無理か？　秋だから獲れぬか？」

父の偏屈な言い様に、むらむらと臍曲がりの血が湧いてくる。

「いいでしょう。獲ってきます」

「いつだ？　いつ獲れる？」と畳み掛けてくる。

「では……明後日ここで、同じ刻限で。しかし獲れるかどうか分かりませぬ。あまり期待せぬよう――」

「分かった。期待しよう」といつもの偏屈返事をすると、話は終わったと夏目に合図して茂みに戻っていく。

夏目は父の後姿を目で追いながら、

「どうだ？　久しぶりに親子の話はできたか？」と目元をほころばせた。親子の再会をあれこれ思い描いているのだろう。

「ええ、懐かしかった。変わりませんね」

「年を取ったろう。殿様が手元に置いてくださるから、弥八郎もなんとかやっている」

あの偏屈をよく手元に置くものだと、家康に感心やら同情やら、嫉妬もする。弥八自身にもよく分からない。

「どうだ？　まだ腹は決まらぬか？」

「そのことでございますか？　今のこの戦況では徳川方に利は無いと思いますが……」

「利などではない。気持ちを訊いている。今なら間に合う。お前が武田に居ることは知られているが、まだ小競り合いだからな、何とかなる。しかし両軍での戦になればお前は戻るに戻れなくなるぞ。今が最後になる。どうだ？　考え直さぬか？」

「と、言うことは、徳川武田の戦はもうすぐ始まると？」

夏目が横目で睨む。

「そのような小賢《こざか》しい言い様をするな。お前らしくないぞ」

自分がどういうものか分からないが、弥八は思わず頭を下げた。

「みおは行方知れず、らしいな？」

三弥から聞いたのだろう、弥八は黙って頷くと、

「真宗へのこだわりは無いのだろ？　それなら帰る不都合は無いはずじゃ。意地か？　義理か？」と

連ねてくる。

「そんなものはございません」

「それならなぜ――」

「いいではありませんか、そのような臍曲がりが居ても。故郷が恋しいわけじゃないし、殿様が欲しいわけでもない。俺は真面目な真宗門徒じゃないが、念仏往生は知っています。お迎えが来たら一人で死んでいく。それだけです」

言い過ぎだと思ったが、途中で止めることもせずに一息に話した。夏目は皺顔を上げて弥八を見つめていたが、小さく頷いて、

「そうか。仕方がない」言ってから、

「しかし、わしは諦めんぞ。戦場で刀を交えたとしても、お前を説得するからな。忘れるな」と横を向く。

〝私のような者を、なぜそのように……〟口に出掛かった言葉を飲み込んだ。

夏目は遠くへ目を向けたまま、〝みおが見つかるといいな〟と呟いて、

「祝言を上げたなぁ。お前なぞ、寸前まで畦を掻いていた。みおは待っておったんだぞ。その姿が可哀そうでなぁ、わしが呼びに行ってお前を連れてきた。小さな顔が花のようにほころんで……。今でも時折思い出す」

〝花のようにほころぶ顔〟

言葉を頼りに思い出そうとしたが、顔の辺りだけがぼやけている。

「俺は……よく思い出せないのです、みおの顔かたちが。以前はこうではなかったんですが、今はぼんやりとしか思い出せない」

夏目が〝ほぉ〟と皺を広げて弥八の顔を覗き込んでくる。

「それはな、お前が何度も思い出すからだ。記憶を何度もなぞると、姿かたちは消えて思いだけが残るそうだ。食い物ならしゃぶり尽くして骨だけになるが、思い出なら形が消えて思いだけが残る、とな。どこかの坊主が言っていた」

——記憶の骨。俺はそれをしゃぶり続けているのか。


山中の高い杉の根元で、弥八と犬爺、二人は口を開けて枝先を見上げていた。

目に沁みる秋空の中、末《すえ》と呼ばれる木の頂上部分、枯れて白くなった枝先に鳥の巣がある。

「あれが鷹の巣でさぁ」

犬爺の声に、弥八は見上げたまま頷いた。

「でも雛鳥なんか居ないですよ」

父の話を犬爺に伝えると雛鳥の時期ではないと言われ、どうせ暇なのだから巣だけでも見ようとここまで来たが、思いのほか高い木に驚いた。

「止めときましょう、弥八郎様。空《から》の巣ぅ覗いたって何の得にもなんねえです」

確かに無駄だ。無駄というより危険だ。父も鷹匠ならそれを知らないはずがない。それなのに、なぜ期待すると言ったのか。何を期待するのか。

犬爺を見ると気弱な上目を遣ってくる。

ここは理屈が必要だ。犬爺を登る気にさせる言葉の理屈。何かないかと考えて、そこで随風の顔が浮かんだ。

――随風になればいい。随風の屁理屈だ。

弥八は随風になったつもりで目を回してみる。いくつもの表情が浮かび、口が喋るに任せてみる。

「これはな、私のためにするのではない。お主のためにするのだ。犬爺のため。お主自身と言ったら……そう、米の毒を抜く。そうだろ？」

「米の毒が抜けるんで？」

犬爺の目が強くなる。

「そうだ。毒が抜ける。抜けるぞ。鷹の子さらいはカミギイなんだろ？　カミイとギイが混ざっている。木から落ちるかもしれぬ。鷹に襲われるかもしれぬ。そういうときお主はどうする？　何を考える？」

「助けてくれって。どうか助けてくださいって考えますだ」

「それ、それが仏への、えっと、帰依かな、そう帰依になる。お主は随風の説教でギイを見ただろ？　説教を聞く者はギイになる。それはな、怖いと思うからだ。気持ちが縮こまって、食われるのを待つだけになる。それが念仏の力。気持ちを萎えさせ諦めさせるんだ。お主の体には念仏が染み込んでいてな、カミギイのときもギイだけの色になる。自分の色など分からないだろうが、他の山人たちにはそう見える。だから嫌われるんだ。どうだ？　分かるか？」

犬爺が自分の体を見回して、手のひら、袖を手繰って腕を、襟元を広げて胸回りを覗き込んでから、

「確かに、ギイだ」

弥八はそうだろうと頷いたが、本当はギイの色など分からない。

「このまま登れば、お主は死ぬことになる。しかし登らねば一生、山には帰れないぞ」

犬爺は弥八の言葉を口元で何度も咀嚼して、

「どうすりゃあいいですかい？」とまた気弱な表情になる。弥八は随風のように目を回してから囁いた。

「カミギイになればいい。その方法は……。その方法は、山人なら知っているのではないか。お主は知っている。知っていたはずだ。犬爺、思い出せ」

弥八の言葉で考え込む。何か口元で唱えながら木の周りを歩き回り、時折木の末に目を向ける。明らかに目付きが変わった。左右の掌を天と地に交互に向け、腹底から呪文のような唸り声を響かせて、木の幹に触れたまま動かなくなった。

木の一部になっていた犬爺が、不意に足を小さな突起に掛けて、ぐいっと体を持ち上げた。驚いた弥八が声を掛けるが返事もしない。手足を動かし、するすると登っていく。通いなれた道を行くようで動きに躊躇がない。木の枝に隠れて見えなくなり探していると、思いもよらぬ高さに姿を現して、高くなるごとに木の幹が揺れ、それを留めるように枯れ枝になる手前で動きを止めた。巣までは二間ほど（約四メートル）。

揺れの収まりを待っているのか、体を丸めて辺りを眺めている。空は抜けるように青く、見ている

だけで目が痛くなる。しばらく動きを止めていた犬爺だったが、枝木を探りながらそろりそろりと登っていく。体を幹に巻き付けて、何か別の生き物のようだ。

急に動きを速めて巣を覗き込む。その時、空から黒い塊《かたまり》が落ちてきて、声を出す間もなく犬爺に当たった。当たる寸前に身構えたが、木枝が折れ、犬爺の体が宙に飛ぶ。

弥八は息を呑んだ。

落ちかけたところを別の枝を掴み、足を幹に回してしがみつく。巣の上では鷹が羽を広げて鳴き声を上げていた。

——鷹だったか。

犬爺はまた登り、勢いをつけて下から巣を崩す。その腕に向けて鷹は鳴き声を上げて嘴を突き出すが、犬爺の腕の動きで混乱しているようだ。弥八は木の先端で争う鷹と犬爺を見つめ続けていた。

ついに鷹は巣から離れて上昇していき、それに向けて犬爺が高い声を上げた。人とは思えぬ獣声。

鷹の羽や巣の残骸が落ちてきて、弥八は目を上げていられない。

手をかざして見上げると、鷹は高度を上げて去っていき、それに向けて犬爺は何度も声を上げていた。

木から降り立つと、

「やっぱり、雛鳥は居なかったです」と犬爺は笑い顔を見せた。額から血が流れている。

「血が——」弥八が布を出すと、傷口を手で押さえ指に付いた血を舐めた。

「これはカミギイの痕、大事にしにゃあなんねえです」と胸を張り、

「カミギイで毒の祓《はら》いができた。これで山人に戻れるで」と笑いを広げていく。

「大丈夫か？　本当に大丈夫なのか？」

「大丈夫でさぁ。あしにはこの傷がある」

——傷？

「犬爺……」と言いかけると、

「あしの名はイナギイ、否《いな》ギイ。ギイじゃあねえって意味で。犬爺と呼ばれるようになってすっかり忘れていた」と笑い声を上げている。声まで変わって別人のようだ。

「山人に戻る？　……帰るのか？」

犬爺はにんまり笑い、後ろの竹林に顔を向け、

「竹が里と繋がる道でさぁ。あそこから獣道に入っていけるんで」しばらく眺めていたが誘われるように歩きだし、竹林の前で弥八に向けてひょいと頭を下げた。

「犬爺——」弥八の声に応えもせず、竹の合間に入っていく。呼び止める暇もない。

山人のもとに帰るのだろう、すでに姿は消えていた。秋空のように乾いた別れ、父の背中に似ている。

そこで気が戻った。さて、父にどう言おうか。

二俣城がついに落ちた。

長い包囲戦とその後の交渉で、将兵助命を条件に開城となった。

次に狙うは家康の籠もる浜松城だが、二俣城より難しい戦いになる。武田方の思案はどのようにして野戦に持ち込むか。二俣城包囲の間に練られた作戦は漏洩《ろうえい》を恐れてごく一部にしか知らされず、多くの者は個別の指令に従うだけだった。

弥八も三ッ者とともに行動することになったが、何をするかは聞かされていない。思うに、三河者として戦場での首実検に使われるのだろう。

浜松城への進軍前夜、弥八の処に長安が訪ねてきた。

「この忙しい時にどうした？　急ぎでないなら戦の後にしろ」

三ッ者は二人で行動する。弥八は相方の三ッ者の手前、呑気な話は気が引けるし、明日の行動準備で忙しかった。

ここは寺の位牌堂。三ッ者には秘密の用意があるそうで、こういう人目から離れた場所に寄宿するそうだ。

「いえ、私ではなく随風殿が……。弥八郎様とお話をしたいそうですが、なにやら仲違《たが》い？　いや、違いますなぁ、何か大事を話してしまい、恥ずかしいようで。それを私に話すのですが……穴とか毒とか、私にはさっぱりです。それでこちらにお連れして――、随風殿、こちらに入ってくだされ。位牌堂ならご自分の領分でしょ」後ろに向かって声を掛けると、もじもじと随風が顔を出す。

随風たちの様子に同室の三ッ者が、ゆっくり話せとその場を離れていった。

「さあ、随風殿、こっちに来てお話をしましょうぞ」と自分の部屋のように胡坐をかいて瓢箪《ひょうたん》を置く。

「なんだ、これは？」

「瓢箪でございます。こうやって振りますとな、中から鬼が出てまいります」と酒臭い息を吹きかけてくる。

「お前、酔っているのか。これは……酒か」

「そう、御神酒《おみき》。今日は戦勝祈願の瑞兆《ずいちょう》舞いがありまして、供物のお水を頂戴した次第で。随風殿にもお勧めしたのですが飲まないと言うんで。それで私一人が飲んでしまい――。そうだ。弥八郎様にお礼を言わねば……、犬爺のこと、有難うございました。山人に戻れたと。私はね、うれしいですよ。うれしい……そして寂しい。弥八郎様、一献《いっこん》やりませんか？」

「俺も要らん。どうにも面倒な者が……二人か」と目を随風に向けた。

「随風殿、ほれ、お話しされよ。私にはあれほど喋っておられた、弥八郎様がああ言った、こう言ったと。なにやら難しいお話なのです。犬爺の話までは私も聞いておりましたが……犬爺も帰ってしまった。大丈夫かなぁ？　山人に入れてもらえたかなぁ？　それをですね、随風殿に言うと、穴？」と随風に顔を向け、

「穴です。お顔がそう言っている。私はね、商売柄、人の顔が読めるんですよ。随風殿は特に読み易い。はあ？　穴の話？　そう、それでした。それと舟の帆がどうとか。弥八郎様は帆扱いがお上手とか。私には分からない話を聞かされて……すっかり酔ってしまい――」

「どうした？」弥八も訊いてみたが、随風は上目を遣ったままで居る。

「私はね、本当は酔ってなどいないんですよ。酔った振りだけ。これも見立て芸。酒など無くても酔

えるんです」

「分かった。分かった。お前は酔っていない。だから少しは飲んだほうが良い。ほれ、この椀を使え」

「椀？　弥八郎様の椀……。私はきれい好きなので……、分かりました、分かりましたよ。椀を使います。使わせてもらいますっと」言ってから瓢箪に口を付けて喉を反らしている。

腹も立つが、当分の間は酒を飲んでいるだろうと随風へ座を向けた。

「何を恥じている。お前が思うほど、誰もお前のことを気に掛けていないぞ」

「恥じてなどいない。ただ……」

「ただ、なんだ？」と話の呼び水を注《さ》す。酒でも注したい気分だ。

「実は……、実は私も戦をしようと思ってな。明日、死ぬかもしれぬと思うと、お主と話したくなった」

「お前、坊主だろ？　なぜ戦をする？」

弥八は声を高くして、

「坊主は戦が終わってからが仕事だぞ」

僧侶は戦後に行う死者への供養や怪我人の治療、戦の経緯を地元に知らせる役割を担っている。

「それに……殺生をしていいのか？」

「戦いなどしない。逃げ回るつもりでいる。この身を戦場に置いてみるだけ。お主の言う風の中に、だ」

弥八は何のことかと考えて、一向一揆の話を思い出した。信心の強い風に吹き流される話。

「あれは、嘘とか方便の話だったぞ」

「あれから考えた。結局、私は人の世に関わろうとしない。書を読んで世事を眺めて、ああだこうだと言うだけ。そういう者には人の信心を受け止めることができない。だから、私は戦をしなければならぬ」

「よく分からんぞ。俺はひねくれろと言ったと思うが……」

「そのひねくれが戦場に行くこと。もう決めた。それをお主に知らせたくて、長安を使おうと思ったら、話しているうちにどんどん横道に逸れて……」

弥八は溜息を吐いてから、

「お前の悪い癖だ。おかしな考えを捏ね繰り回し、捏ね過ぎて変なところへ行き着く」

「どうせ私は変な奴さ。しかし嫌な奴よりいい」

これも前に聞いたこと。思い出しながら、

「仏が米の毒になって、大きな穴を作るんだろ？」と訊くと、

「そう、仏の毒。犬爺はな、カミギイをして毒を抜いたんだ」と雛さらいの話を返してきた。犬爺が信心で植え付けられた恐れ、ギイの心根を乗り越えたことを言っている。

「これを聞いたときにはお主を見直した。なるほどなぁ、そういう手があったか、と感心した」

これは随風になったつもりで捏ね繰り回した屁理屈だ。今更〝お前になったつもりで言った〟とも言えず、

「分かった。分かったから先を続けろ」と照れ隠しにぞんざいな物言いを返す。

横では長安がうつらうつらと舟を漕いでいて、弥八は手元の武具を引き寄せて細工仕事を始めることにした。脛当てへ細竹を通し、膝当てに鉄芯を仕込む。

「なんだ、それは？」と随風が覗き込んでくる。黒い目が栗鼠《りす》のように動いて、いつもの随風に戻ってきた。

「ここをな、捻ねると膝《ひざ》と脛《すね》が固定する。寺には金物細工がたくさんあるからな。この金具で悪い方の膝でも踏ん張ることができる。黒鍬の水回しのようなものだ。黒鍬？　それはな……、それはいい。まずはお前の話だ。米の毒がどうした？」

随風は〝そうだった〟と頷いて、

「犬爺の話。有体《ありてい》に言えばな、仏が人を食いものにする。うっ」と言い淀み、すぐに続けた。

「本当の仏ではない。仏の方便だ。しかし見分けるのは難しい。だからな、私もひねくれることにした。戦場に出てカミギイをするんだ。犬爺のように恐怖と信心を切り分ける、そういう修行をしようと思う」

「お前がカミギイ？　何と戦う？」

「戦いなどしない。どんなに恐ろしくても仏に頼らないこと、それが私のカミギイだ。私は己の信心とカミギイする。今もそう。明日のことを考えると恐ろしい。しかし仏に頼らずにお主と話している。仏の代わりがお主か……はぁ、そんなんでいいのかなぁ」と最後のほうはぼやきになる。

恐れと仏道を結び付けないこと、どんなに怖くても仏に逃げ込まないと言いたいのだろう。

「犬爺のカミギイとはだいぶ違うな」

「違うか？　そんなに違うか？　カミギイの時、犬爺はどうだった？　何をした？」と身を乗り出してくる。

「そうだな……高い声で叫んでいた。お前の声明のような声だった」

「声明？　それはまずい、まずいぞ。仏が出てしまう」

「それなら片帆はどうだ。ひねくれを片帆と言ったのはお前だ。仏の代わりに頭の中で片帆を張ればいい」

「そうか、片帆か。帆を広げ、こう、片帆に張る。船が傾いて船腹がギシギシ鳴って、それを我慢すると舳先が水を切って滑りだす……それを思うのだな。これならできそうだ」と目を回している。

随風は戦場で念仏を唱えず、目も瞑らずに居るつもりのようだ。それなら生き残れるかもしれない。

「帆柱が折れなければいいがな」弥八が腐《くさ》す物言いをすると、

「そう。それが心配なんだ。私の話を聞いてくれ」思ったとおりの弱気が返ってくる。

「さっきから聞いている」

「地獄でも極楽でも在ればいいが……無かったらどうする。それにだ、生き残ったとして、今までどおりに僧侶で居られるのか？　何を唱える？　お主のように女子の名があればいいが、私には経文しかない。経文が出てくるか？　もし出てこずに――」

「みおのことは言うな」

――道しるべの骨になってくれた女。

随風はしばらく弥八を眺めていたが、

「そうか。みおという名だったな」と懲りずに言葉を連ねてくる。

「澪標は舟の道しるべのこと。ひねくれ、曲がろうとする男の道しるべ。私もしるべを探しているのかもしれない。踊り念仏ならよかったなぁ。戦を選んでしまった。戦の大風に帆を張るんだ。どこへ流されるか。どこで沈むか――」とぼやきを重ねている。

声は堂天井に上り、響きながら降りてくる。長安のいびきが聞こえ、随風の後ろには位牌の列。天井近くまで並べられ、灯明の灯りにぼんやりと佇んでいる。灯明が揺れ、揺れるたびに位牌の並びに波紋が広がる。

随風の話に区切りが付いたところで、気になることを訊いてみた。

「穴の話はどうなった？」

「穴の話か。これも言わねばならぬ。はぁ」とため息を吐き、

「言い難い話だが……今夜を逃しては話ができんようになるかもしれぬ。そう、口が利けんようになるかも――」また随風の栗鼠が動き出す。

「言わないのならこのまま帰れ」と細工作業を始めた。

「待て、言う。言うから待て」と手で抑える仕草をして、

「私の穴はな……妄信とか盲信、狂信とも言う。人の生を食らう仏……また、口に出してしまった。犬爺ならここで祓い詞を言うところ」言った後、辺りに目を遣う。位牌の列が静かに並び、天井近くに闇を湛えている。

「お主も穴を抱えている」と随風が目を上げた。

「お前と同じにするな。俺に信心なぞ無いわ。そういうものをな、遠ざけてきた」

「そう、避けてきた。逃げてきた。怒るな。まあ聞け。穴はな、なにも仏道だけとは限らぬぞ。恐れ

心を操る言葉はいくらでもある。例えば、そうだな、忠心とか義心とか。甘い言い訳を用意してくれるもの。侍にとり憑《つ》くぞ」湿気を帯びた声が続く。

「甘いが毒がある。義心は疑心を許さず、忠心は心の中に居座る。お主はこの毒から逃げている。どうだ？　違うか？」

忠義は侍の本分。それを知った上で随風は言っている。

——俺よりずっとひねくれだ。

なんだか嬉しくなってきた。

「そうか。忠義か。俺の嫌いな言葉だ」

「すえた臭いがして、ねっとりと暖かい。醪蔵《もろみ》のように居心地がいい。私の穴と同じで方便で大きくなり、一旦入ったらなかなか戻れない。だからな、お主は逃げている、澪標をぐるぐる回って。だがな、逃げれば逃げるほど追われるぞ。私はなぁ……追ってみようと思うんだ。お主の言う片帆で、身を捩じりながら——」

「そんなことをして何になる」

「何になる？　何になるのかなぁ。仏でも見えればいいんだが」

「また仏か。そんなもの、見たくもないわ」

「人によって見え方が違うもの。長安なら見立てとか、幻と言う。お主の幻なら——」と考える素振りをして、

「だいだらぼっち。まあ、そんなところだ」

〝こいつ！〟と言い掛けて、笑いが先に出た。

やはり屁理屈随風だ。真面目に聞いて損をした。

「死ぬ前だ。何でも話せ。供養だと思って聞いてやる。お前の南無阿弥陀仏を聞いてやる」

それから二人の、いや寝ぼけ声を上げる長安も含め、話し声は夜更けまで続いていく。

時折、三ッ者が顔を出したが、弥八は気づかぬ振りをして随風の話に頷きを返していた。


これが三人の別れとなった。

その後、随風は蘆名に戻り、伊達政宗の蘆名占拠で寺を変えて名を天海《てんかい》と改め、家康を支えて黒衣の宰相と呼ばれるようになる。長安も武田滅亡後に徳川に仕えて大久保姓となり、八王子に隠れ住む信玄の娘、松姫（信松尼）のもと、武田の旧臣を束ねて武蔵の治安に、金山開発にと力量を発揮する。

しかし、今の三人はそのことを知らない。

夢にも思っていない。特に長安は夢の中だ。

「おい！　長安、起きろ！」と弥八の声。

「ふがぁ、何でございます？」

八

十二月二十二日、早朝。

武田本隊は浜松城へ向かった。

城前を通り十分に徳川方を挑発して、徳川の部隊が城を出るのを待って撤退していく。誰が見ても誘《おび》き出しに映る。それは徳川方も承知の上。両軍は距離を保ったまま北上していった。

武田が逃げて徳川が追う形になり、武田は逃げながら三ッ者たちを放っていく。信玄に思惑があるのだろう、三ッ者は二人一組で見晴らしのいい場所に潜んでいく。

弥八も相方の三ッ者とともに小高い丘陵を登り、竹藪の前で両軍の動きを眺めていた。

遠く台地の縁、三方ヶ原と呼ばれる地に武田方が集まり、それに対峙して徳川の各隊が囲んでいる。睨み合ったまま一刻以上が経つが動く様子は見えなかった。

一緒に眺める三ッ者は兵糧丸《がん》を齧ってては、ゆっくりと顎を動かしている。

風が渡り、ざわざわと竹が鳴った。

「戦はいつ始まる?」

何も聞かされずに連れてこられた弥八は、三ッ者に訊いてみた。

「さあな、戦が始まるか、始まらないか。勝つか負けるか。我らには関係ない。ただお役目を果たすだけ」

竹筒水を一口含み、呑気な声を返してくる。

「お役目？」

「聞いていないのか？」

弥八が頷くと、

「そうか、聞いていないのか」と少し思案してから片頬で笑った。

「それなら教えてやろう。徳川の旗本隊が逃げてきたら、笛を鳴らして場所を教え合う。総大将の家康を討ち取る役目だ。我らは場所を教えるだけ。笛の音で甲斐の騎馬武者が集まるという仕掛けよ」

そこで目を上げ、

「お主は家康の顔を知っているのだろ？　笛を追っていき、大将首を実検する役目だ」すでに勝ちを想定しての準備のようだ。

「戦も始まっていないのに、武田の勝ちが分かるのか？」

「だから言っただろ、勝つかどうかは分からない。見てみろ」と顎をしゃくり、

「徳川が餌に食いつくかどうかだ」〝分かるか？〟と目で訊いてくる。

「我らはこんな仕事ばかりだからな、よく分かる。あれは御屋形様の誘いの手。徳川も我慢しているが、さていつまで持つか。夕方が近づけば戦いたくなる。知らない土地で武田が夜戦をするとは思えんからな、短期戦なら引き分けになる。そう思ったら徳川も運の尽き」

そこでまた兵糧丸を齧り、

「しかし、まあ、そううまく行くとも限らん。我らの役目は大勝ちしたときに始まる。それまでのんびり待つしかない」と寝転がった。

弥八も隣に座り、遠くの戦場を眺めてみる。

あの中に随風が居る。震えながら、昏い穴を見つめている。

——落ちるなよ、随風。

随風を思うと無性《むしょう》に話がしたくなり、寝転がる三ッ者に話し掛けていた。

「俺にはみおという女が居る。居たと言ったほうがいいか。そんな女だ」

「おっ、艶話か？　いいだろう、聞いてやる」

「みおというのは舟路のことらしい。大風に吹かれる俺の目印になってくれた。何度も何度もみおの周りを巡るから骨だけになってしまった。有難いことだ」

「……」

「しかしみおは目印であって行先ではない。骨となったみおを連れて、今度は別の目印に向かわねばならん。そうだろ？」

「……女の骨の話か？　なんだか気味の悪い話だな。もっと面白い話はないのか？」

弥八は目を上げて考えてみる。

両軍の睨み合いも、明るい陽射しの中では長閑《のどか》な景色となり、冬枯れの山水に人群れの彩りを付けている。遠州の空は青く澄み、目を細めて眺めていると、遠くの山が巨人に見えてきた。顔を持ち上げて肩を怒らせている。

「だいだらぼっち」と口を吐いて出た。

「……なんだ？　今度はとんち話か？」

「とんちか」と返してから、口が語るに任せてみる。

「山の中でな、誰かが追ってくる。誰か分からんが、追われるから逃げる。するとな、いくら逃げても追ってくる。だから今度は追いかけてみた。追いかけると相手は逃げていく。追っては逃げるし、逃げれば追ってくる――」

「分かったぞ」

三ッ者が半身を起こし、

「それは〝影〟だな」言ってから〝どうだ？〟と顔を向けてきた。

巨人の残像が浮かんだままで頭がうまく働かない。〝影〟ともう一度考えてみる。

〝影？〟

「そうか、自分の影か」

三ッ者は眉を広げ、

「〝逃げる者には分からぬが、追えば相手がすぐに分かる〟三ッ者の心得だ」と得意気に、

「追ってみればすぐに自分の影だと分かる。そういうものだ」言った後に寝転がった。

〝なるほど……。今度、随風に教えてやろう〟

竹が鳴り、木漏れ日の煌めきが渡ってゆく。三ッ者は空に向かって背を伸ばし、

「いい天気だし、戦も当分このままだ。少し寝る」と腕枕で横を向いた。

弥八は口を噤み、冬の山野を眺めてみる。
戦いをして大勝ちし、その後に家康を追って討ち取る、そんな先まで読めるものではない。だから
この三ッ者も呑気に構えているのだろう。弥八も睨み合う両軍を黙って眺めることにした。
後ろでは竹の音が続き、心が波打ってくる。竹の合間から影が顔を出し、じっとこちらを窺ってい
る。そんな幻を描きながら振り返らずに前を睨んでいた。
——俺はこいつとカミギイをする。
十分に引き付けてから追いかける。三ッ者が言うには追えば正体を分かるそうだ。俺がずっと逃げ
てきたもの、それが何なのか。正体を現すまで気長に待つことにする。

三ッ者の言っていた武田の大勝ちが起きた。
午後遅くに始まった戦いは初めこそ優勢の徳川だったが、武田中央の一気の押し出しに戦線が崩
れ、そこから浸食されていく。武田方は頃合いを見計らっていたのかもしれない。武田の騎馬隊が徳
川本陣へ突進していき、耐えきれずに本陣退避で総崩れとなった。
弥八たちは馬の上から徳川方の軍馬を見下ろしていた。
戦場ではまだ土煙が立っているから、ここに来た者たちは最初に崩れた隊なのだろう、人馬入り乱
れて浜松城へと逃げていく。それを追って武田の騎馬隊が走り込んできた。負け戦の悲惨さは弥八も
充分知っている。ここもすぐに人狩場になる。
笛の音がして、隣の三ッ者が音を探している。三ッ者らしい軽装の武具に耳の辺りの張った小さな

兜を動かしては音を拾っていき、狙いが定まると一気に駆け下りていく。回りの戦闘には目もくれず、矢のように馬を駆る。弥八は後ろに付いていくのがやっとだ。

笛の場所に着くと、囲んだ人中から武者首を向けられた。

〝違う〟

首は弥八の知らない男だった。息を吐く間もなくまた笛が鳴り、馬の上で三ッ者が音の向きを定めてから〝馬に乗れ〟と急き立てる。

三ッ者が馬を駆りながら笛を吹き、すぐに返事が返ってきて、それに合わせて向きを変えていく。犬のような連中だ。

次の首は東三河者で家康ではない。男たちは地団駄踏んで悔しがり、弥八たちから徳川大将の居場所を聞き出そうとしたが、三ッ者は相手をせずに丘上に登っていった。

「我らは戦には加わらぬ。あのような者とは関わるな」言いながら遠くに耳目を向け、年若なのに妙に老成した顔で戦場の狂乱を眺めている。諜報や探索を生業《なりわい》とする者の狡猾と冷静が、骨の髄まで染みついているようだ。

「お主はいつもこのように戦を眺めているのか？」

「それが我らの務めだからな」

「辛くないのか？　知り合いが殺されてい――」

「話すな。気が散る」

随風は、外から眺めるだけは辛いと言っていた。だから屁理屈を捏ねる。屁理屈でも言っていないと耐えられないのだろう。弥八は、屁理屈を言う知恵も、この三ッ者の冷静さも無い。念仏を唱えて踊るだけだ。今も笛で踊らされている。

——踊り念仏か。

思わず笑いが込み上げてきた。三河を出奔《しゅっぽん》して以来、風に流されずっと踊っている。

そこでまた笛が鳴った。

徳川武者を囲んだ少数の騎馬が逃げ、それを武田の騎馬隊が追っている。枯れ野の中、見え隠れしながら追い付いては離れるを繰り返している。

それを弥八たちは離れた場所から眺めていた。

もう四半刻追っていて、徳川騎馬も残り少なになっている。次の襲撃で捕らえるだろう、そう思ったときに徳川騎馬がどっと倒れ、槍先や太刀が何度か煌めいた。それもすぐに静まり、笛の音がする。

弥八の胸は重い。家康の死顔が目に浮かび、手足の動きが鈍くなる。

現場に着くと男たちが囲みを解き、中央で武者鎧の男が死んでいた。

夏目だった。

弥八のために雑巾顔を絞って泣いてくれた男。殺されたばかりなのだろう、顔に生気があり、今も笑っているようだ。

弥八は目を見開いたまま〝違う〟の仕草をした。

周りの侍からため息が漏れ、

〝やはり影武者か〟〝こんな年寄りではないと思ったわ〟〝途中までは確かに家康だった。どこで入れ替わった？〟と囁き合っている。

弥八は夏目を見続けていた。

口煩《うるさ》い声、皺顔を伸ばして笑う姿、祝言で踊った三河万歳、戦場でも説得すると言ってくれた最後の言葉、思い出が溢れてくる。

目を離せずにいると夏目の瞳が動いた気がした。瞳がゆっくりとこちらに向く。

——生きている。

弥八は魅入られたように見続けていた。

唇が動き、何か言った。

その後に口角が動き、そのままの形で止まる。

息を詰めて立ち竦《すく》んでいると、三ッ者に腕を掴まれ引き寄せられた。

「知り合いか？」

「生きている。何か言った。何を言った？」

夏目へ目を戻すと、その顔はすでに死が張り付いている。

「とうに死んでいるぞ。しっかりしろ」

腕を引かれ、その後に言われた言葉も、馬に乗ったことも覚えていない。

小高い場所を求めて登り、そこで馬を降りると、三ッ者は弥八を残して辺りを見回りだした。徳川の兵卒もまだここまでは落ちてきていないようだ。

遠州の乾いた風が吹き、戦の声音を運んでくる。

「そろそろ日が暮れる」

三ッ者の声で見上げると西の空は茜に染まりだしていた。半刻も過ぎれば夜が来るだろう。それまで家康は逃げきれるか。三ッ者は笛の音を探して顔を左右に振っている。

そこに単騎、道を駆けてきた。

兜も外し、後ろを振り返りながら鞭を入れるが、馬は疲れているのか言うことを聞かない。仕方なく馬を引いて藪に隠れようとしている。綺羅《きら》の袴をはいた、見るからに上級武士。

家康だ、とすぐに分かった。

会ったのは一度きりだが昔馴染みのように分かる。一騎で、あんなに無防備で、不安そうに何度も振り返って。

息を詰めて見つめていた。

そんな弥八を三ッ者はうろんな目で窺っていたが、不意に離れて馬の準備を始めだす。

「済まんが、お主を行かすわけにはいかんのだ」

弥八の言葉が終わらぬうちに、三ッ者が腰を捻って刀を抜いた。

「気づいていたか。いつからだ？」

問いに答えようとしない。弥八も刀を抜く。

「戦場での返《かえ》り忠《ちゅう》（裏切り）は重罪だぞ。それでも〝返る〟か？」

弥八は少し考えてからゆっくりと言葉を返した。

「家康様は殺される。どう転んでも殺されるだろう。お主を足止めさせたとしても、見つけ出されて首を刎《は》ねられる。これは忠義でも何でもない。俺の……ひねくれだ」

弥八の長科白を隙と見たか、三ッ者の刀先が伸びてきた。胸を反らして受け流すと、足元に二の太刀が来る。片足で逃げたが大きく体を崩し、よろけた足元を固め直す。二人とも軽装だから斬られれば致命傷になる。

今の一撃で三ッ者に余裕が生まれたようだ。構えを緩めて言い返してきた。

「先ほどの問い。疑いは頭目から言われている。お前から目を離すなと。私も三ッ者。お前の心根など、分か――」

言い終わる前に切先が伸びてきた。伸びきる前に刃を返して不自由な足方から切り上げてくる。転がりながら避け、すぐに立ち上がった。

三ッ者は弥八の動きを見切ったようだ。次の太刀合いで弥八は切られる。それは両者ともに分かった。

「カミギイ……カミギイという言葉を知っているか？　山人の話だ」不自由な足に手を置いて声で気息を整える。

「また、だいだらぼっちか？」構えを緩めて訊き返してきた。

「そうだ。俺の影。その影とな、俺はカミギイをする。ひねくれで――」

また三ッ者の切先が伸びてきた。逃げずに鉄心入りの籠手に受ける、と手元で火花が散った。切先はすぐに引かれ、足元から風を巻いて刃筋が閃《ひらめ》く。

弥八は跳んだ。

跳んで刃筋を外し、片手で刀を振る。三ッ者は刀を返して弥八の刀を跳ね飛ばすが、大きな隙ができた。

小刀を抜いて抱き付き、腕を絡めて具足の無い脇に突き刺していく。

すぐに跳ね飛ばされた。転がりながら振り向くと、三ツ者は脇を抱えゆっくり倒れていくところ。兜の下から弥八郎を睨むが、血の気は失せていた。

「跳べるのか！　騙したな……」

弥八郎は膝の金具を捻ねり、伸びたままの悪い足を動けるようにして立ち上がった。

三ッ者は倒れたまま睨んでいる。

「済まぬ。このとおりだ」と頭を下げた。

「なぜ……」

その先は言えずに呻き声とともに身を縮めていく。弥八はもう一度謝った。

「済まぬ。風が吹いたのだ」

三ッ者が目を上げる。

「風が吹いたら、俺は片帆を上げてひねくれる」

「……お前……死ぬぞ」

言いながらさらに縮めていく。

「そうだろうな。まあ、そうだろう」

もう一度、頭を下げてから弥八は馬を引いた。

家康は単騎で逃げている。

従う者は一人、二人と減っていき、最後の一人も家康を逃がすため追撃隊に跳び込んでいった。その後、藪に潜んでいたが、笛が鳴ったので急いで飛び出してきた。

それにしてもしつこい。

逃げても逃げても、行く先で武田の部隊に捕まる。

笛の音がすると悪夢のように現れて、猫が鼠をいたぶるように旗本親衛隊を剥がしていく。もう何も残っていない。

〝潔く死ぬか〟の思いが何度も頭をかすめたが、そのつど馬に鞭を入れた。

自分の身代わりになり何人もの侍が死んでいる。ある者は弓矢避けになり、ある者は家康を名乗り敵の前に残った。城から駆け付けた夏目も、敵を引き連れて離れていった。

〝夏目!〟

涙が噴き出た。

わしの死に場所じゃ、とからりと笑い、馬に鞭を入れて飛び出していった。

笛が鳴るたびに味方の騎兵が二人、三人と追手に突進していく。槍、刀が迫ったことも一度や二度ではない。そのたびに従者が身を投げ出して死んでいく。今は武具も刀も投げ出して身ひとつで逃げていた。

家康には死んでいく者の気持ちが分からない。

自分は決して良い領主ではなかった。癇癪持ちでわがままだ。上に弱く下を虐《いじ》める。駿府暮らしで身に付けた公家体質がそうさせた。三河言葉なぞ分からない振りをする。

それなのに名も知らぬ従者が、自分のために死んでいく。

小便を漏らした。小便が出なくなると大便まで漏らした。

敵が怖いのではない。死にゆく者の心根に戦慄していた。私はこの者たちに生かされている、その思いが馬を走らせた。

どこを走ってきたのか、いつしか雑木林に囲まれた畑場に出て、畑をつなぐように道が延びている。仕事に来ていたのだろう、菅笠を被った農夫が道端で休んでいたが、家康の馬を見ると手を広げて馬を止めようとする。

蹴倒そうかとも思ったが、その気力もないまま馬の足を緩め、

「水を、水をくれぬか？」と声を掛けていた。

腰の竹筒を取り出すのを見て、転げ落ちるように馬から降り、道にへたり込んで渡された竹筒を逆さにして流し込む。咽《むせ》て大半は吐き出したが、それでも喉を反らして飲んだ。

飲み終えた家康に、農夫がぞんざいな物言いをする。

「その袴、脱いでもらおう」

「これだけの水と、この袴を交換か？　合わんぞ」

言いながら見上げると、菅笠の縁から覗く目は動かない。目が合うと片頬を上げて不敵な笑いを浮かべた。

〝落人狩り〟不意に思いついた言葉で背筋が固まっていく。

農夫は黙って家康を見ている。すぐに脱げるものといったら金糸の入ったこの袴くらい。急いで脱いで放り投げると、農夫は臭いを嗅いでから自分の足に通していく。

「殿様、この先には武田勢が待ち受けている」

「何！」

雑木林の先に目を向けると、

「こちらへお隠れ願いたい」示した先は肥溜め。

「肥溜めではないか」

「肥溜めを覗く者は居ない。乾いているから濡れもしない。それに……大小便を漏らしたことも隠せる」

「何を言うか。漏らしてなぞおらん！　それに、なぜ肥溜めだ。もっとマシなところがあるだろう」

「御免」

言うが早いか肥溜めに落とされた。糞尿の臭いに咽《むせ》ながら、不意にこの男を思い出した。この口調、雰囲気を思い出す。しかし名前が出てこない。名を訊こうとして、しかし口は別のことを言う。

「肥溜めの中で死ぬわけにはいかぬ！　出せ！」

「肥溜めの中も、蓮《はす》の上でも死ぬのは同じ。生きることを考えなされ」

「夏目のようなことを言う。あいつが、あいつの言うとおりに逃げたから、こんなところで一人になった。みんな、あやつのせいだ」

農夫の体から殺気が立つ。

「夏目様のこと、粗略《そりやく》に扱うな」

夏目を知っている男か。下から見上げると菅笠に隠れていた顔が見える。

――この顔、見覚えがある。どこだったか？

ぼんやりと風景が浮かんできた。

寺の境内のようだ。商人のような恰好で偉そうなことを言う男。喋る内容が家康の考えと同じ。今川のやり方を真似ようとする家康と同じだ。真似ばかりする自分を笑われたような気がして、素直に頷けない。自分と同じ考えを言う男。鏡を見ているようで気味が悪く、映った自分に何か言ったた……。

「待っていれば、日が暮れる」

男の声で肥溜めに戻された。臭いで戻されたのかもしれない。

「もうすぐ徳川の落ち武者たちがここを通るゆえ、一緒にお逃げくだされ」

農夫は雑木林に気を向けながら話し続けている。

「この先に雨水を溜めた池がある。そこで体を洗えばいい」

笛が鳴った。

「俺は殿の影となる。これにて、御免」

この男も死のうとしている。今まで死んでいった男たちの顔が浮かんだ。夏目の顔、近習側近、旗本たちの顔、そして名も知らぬ者たち。この男もその中に入るのか。頭を振って考えた。

——名を思い出せ、私は思い出さねばならぬ。

目を据えて、男の顔を見つめた。ごつごつとした芋顔。

男は馬に乗ろうとして、不自由な足を庇う。足の悪い男……。

「……弥八郎。そうだ！　弥八郎だ。お前は本多弥八郎だな」

馬上の弥八が見下ろした。二人の目が合い、家康は震える声で囁く。

「死ぬな。生きて帰ってこい」

弥八の顔が空に向く。それも一瞬。

鐙《あぶみ》を煽り、一気に駆けだした。駆けると同時に高い声を出す。人とは思えぬ高い声。

馬の動きに合わせ、弥八の背中が踊っている。

〝生きろ、ひねくれ弥八！〟

了

よろぼし御子《みこ》

一

「見えたり、見えたり……」

〝トトン〟の足拍子《ひようし》をつけて舞いが激しさを増していく。

能楽「弱法師《よろぼし》」仕舞《しまい》に、子をあやしていた楓《かえで》も舞手へと目を向けた。

能仕舞は面《おもて》も装束も着けずに舞う、見せ場だけの短い素舞い。所作に応じて顔の向きが微かに動き、盲目の弱法師をよく表している。

顔を上げた楓はそのまま目を離せなくなった。田楽踊りも楽しいが、物語を演じる猿楽能は格別だ。別世界が目の前に現れて、それが詞《ことば》や謡いとともにくるくると変わる。これが噂の能楽舞いか、何度見てもため息が出る。

舞手は土屋長安《つちやちようあん》。大きな目に張った顎、張り出た鼻はいわゆる芸能顔。いつもは楓を煩わせる、よく動く口を引き締めて、半眼の構えは面のように表情を消している。

ここ、木曽館の大広間には領主木曽義昌が正面に座り、右に木曽家重臣、左に織田の取次衆が居並んで、その前では長安が右に左に膝抜きの足運び、人を見立てて押され小突《こづ》かれよろよろと、弱法師の弱々しい歩行舞いに移っていった。

天正十年（一五八二年）正月、楓とその男児は甲州武田家からの祝い品として、織田家へ贈られようとしていた。母子が祝い贈りとなるのには理由がある。

織田信長の五男、源三郎勝長は元服までを武田で人質として過ごしたことがある。その後織田へ戻されたが、帰った後に楓は源三郎の子を産み、育てていた。

楓も元々は織田から武田へ遣《つか》わされた女。

武田家と織田家は和親を結んだ時代があり、証しとして信長の嫡子信忠と信玄の娘松姫は婚姻を結んだ。しかし幼い松姫はそのまま甲府に留まり、正室付きの侍女として楓は織田から遣わされ、その後両家の敵対により輿入れはなくなり、楓は人質となった源三郎と松姫の館で出会い、いつしか逢瀬を重ねるようになる。

大国同士の思惑の中、武田の領主勝頼は信長との和与（和解）を画策し、秘かに松姫を信忠へ輿入れさせ、取次役となった源三郎との交換で再び甲府へ戻した。形の上での人質交換だ。武田の息の掛かった源三郎を織田へ、織田家正室の松姫を武田へ戻し二人によって和与交渉は進むかと思われたが、そのまま立ち消えとなり、織田の隆盛がはっきりした今、再度交渉を模索していた。

きっかけは取次役である源三郎の処遇。

源三郎は織田で再元服をして、名を勝長と改めた。〝長〟は信長の長、〝勝〟の字は勝頼の勝、そう考えれば両家の仲介を託されたと取れる。そして犬山城を与えられ、美濃を領する信忠の与力となった。これは信長の期待の表れであり、武田への対応は信忠、勝長兄弟に任せたと見ることもできる。

武田の次期御屋形は信長の外孫に当たる武田信勝。親族同士の和与交渉ならまとまり易い。この思惑を伝えられた武田方は、信勝への代替わりを急ぐこととなった。築城中の新府城への城移り、家臣団の移住を強引に行い、楓たち母子を織田へ返す。これは返礼を期待しての祝い贈り。織田の返礼使者を巨大な新府城に迎え、新たな領主信勝によって和与交渉を進めていく、そのような思惑のもと、祝いの一行は源三郎の居る犬山城へ向かっていた。

〝……今は狂《くる》い候《そう》らわじ、今よりは……

謡い調子がゆるゆると舞い所作を追っていき、追いついては離れ、離れては追う。何度か繰り返し、両方が重なったところで舞手は静かに動きを止めていった。

余韻を残して能仕舞の終わりを告げると、観ていた者から頷きやらため息が出て、辺りの気も緩んでいく。

「見事な舞いじゃ。方々、そうであろう？」

まず声を上げたのは正面押板を背に座る木曽義昌。自信がないのか同意を求め、周りの者の〝いかにも〟〝見事じゃ〟と追従の声へ大きく頷きを返し、

「これならば能楽のお好きな信忠様も喜ばれるであろう」と満悦の笑みを浮かべる。信忠の名が出たところで織田方より長安に声が掛かった。

「金春《こんぱる》流の流れをくむとか。さすがに正流のみやび。品《ひん》があるのぉ」

平伏の長安は顔だけを上げ、

「金春大蔵座、長安と申します。此度《こたび》は松姫様の贈られる祝い能。一指し舞う誉《ほまれ》をいただき、恐悦しておりまする。題目も弱法師。父子再会の筋立てでございますれば、お子様のお戻りと合わせての慶

賀。この上なしでございまする」ぺらぺらと長台詞が続く間、おかしなことを言うのではないかと楓は気が気ではなかった。

「松姫様にはお会いされたのか？」

「ええ、姫様にも観ていただきまして、お殿様とお会いできる日を心待ちにしているご様子……」と頭を低くする。能楽師らしい間《ま》の取り方だ。

織田方の者たちが目配せをする気配があり、楓の近くに座る者が、

「勝長様もお子にお会いするのを楽しみにされている」と話を子に向けてくる。

「鼻筋の通ったところなど殿様によく似ておられる」

皆の視線に驚いたのか、ぐずり声を上げたので、

「おお、ご返事をされた」「そうではないだろう。あれはお鼻を鳴らしたのだ」と勝手に話を盛り上げて、子の泣き出しそうな気配に、

「むつきを替えてまいります」と楓は子を抱きかかえて、居心地の悪い大広間を後にした。


外廊下を通り、用意された畳間に入っていくと木曽は樵《きこり》の地、どこからともなく木皮の匂いがして、部屋の中にも山気が迫ってくる。

眠かったのか、子はすぐに寝てしまい、楓はほっと息を吐く。

付き侍女も下がらせて、今は子と二人きり。心置きなく顔を眺めることができる。

数えで三つ、年末生まれだから一年を少し過ぎたところ。あどけなさが口元からこぼれ、甘い息を

吐く。その上には大きな鼻、そっと鼻筋をなぞってみる。これは松姫のよくやるあやし方。すると松姫の囁《ささや》きが蘇《よみがえ》ってきた。

〝あなたは勘九郎様と松の子。松が必ず守ります……〟

この子は源三郎と楓の子として育てているが、実は信忠（織田勘九郎信忠）と松姫の子。そのことを知る者は松姫の実兄盛信と楓のみ。

松姫は身籠ったことが分かると、体調を崩したとして盛信の居城高遠《たかとう》に移り、周到に準備して侍女の楓となり替わって出産した。取り上げ婆（産婆）は今でも侍女の子と思っているだろう。

このような密計は武田と織田の関係を慮《おもんばか》ってのこと。和与を模索しているとはいえ、武田と織田は敵対している。このような状況下で、織田家嫡流の男子が生まれたとなればどのように扱われるか。松姫は考え抜いて、楓と源三郎の子として育てることにした。

楓と源三郎の関係は皆の知るところ。人質の源三郎は松姫の館によく顔を出し、侍女の楓とも顔見知り。敵国織田者として肩を寄せ合い過ごすうちに、当然のように男女の関係になっていた。

楓は織田者、何かの折には子とともに織田へ返すこともできるだろう。そう考えての計らいだったと、これは松姫から聞かされていた。

「織田に戻れば、信忠様と松姫様の子としてお披露目するのですね」

楓は確かめたことがある。松姫は鼻筋を触りながら、

「それはどうでしょう。勘九郎（信忠）様にもお立場があります。松の子として公にするのが良いの

か悪いのか……この子にとっても良いか悪いか……。楓の子として生きる方が幸せではないかと、そのように考えるときもあるのです」寝かし歌のように囁いていた。

表向きは楓の子。子のない松姫が自分の子のように慈《いつく》しみ、そのように装って二年。織田に戻る機会などありはしないと高を括《くく》っていたが、その時が突然やって来た。

慌ただしく準備を整える間、楓は何度も尋ね、松姫も迷いに迷った末、

「やはり楓の子としましょう」と心決めした。

松姫からは弱法師の能舞を贈るだけ、文《ふみ》も付けないとのこと。聞いた楓は身震いした。

――一生この秘密を抱えて生きていくのだ。

源三郎だけが頼りだが、顔を思い出せなかった。姿かたちは思い出せるのに顔だけがかすんでいる。これは楓自身が施した忘れ術のせい。

侍女は耳目を塞がねばならぬときがあり、しかし見えてしまい、聞こえてしまう。そういう記憶を消す術として教え込まれていた。

術といっても簡単なこと。印《いん》を結んで三度唱える。この印組み（手指の表徴《ひょうちょう》と結界張り）は人それぞれ、自分の心を操るものから他者の気持ちを縛るものまで様々な印がある。

人の心は獣と同じ。記憶の餌に集まってくる。時に蜜を舐めさせ、時に毒を入れる。源三郎との甘い記憶に毒を入れ、近づく心根を追い払ってきた。

心を追い立てて二年。秘かな逢瀬、触れる指先の熱さ、目つきや口元は思い出せるのに、それらを接ぎ合わせると知らない男の顔になった。恋しいとも会いたいとも思えず、祝い言葉と期待や羨望の

声に押されてここまで来たが、考えてみれば武田と織田、両家に関わる秘密を担うことになる。楓は頭に血が上ってしまい、何もできず何も考えられず、ここまで流されてきた。

〝あなたは誰の子？　教えて〟

楓はうずくまったまま、子の耳元で囁いていた。

〝ガタッ〟

板戸の開く音。出てきた顔は長安。

足音に気づかなかった。それほどに思いに囚われていた。

「いやぁ、これは驚かせてしまいましたか。失礼、失礼。どうも摺り足が癖になっておりまして。気配が消えると皆から言われております、お化けのようだと。能楽師は人霊や物の怪の類《たぐい》を慰撫する者、お化けというのもあながち間違いではないのですが、そうは言っても、いつもはわざと足音をさせるのです。しかしお子が寝ていると思えば……おうおう、よう寝ておられる――」といつもの軽口を叩きながら、楓の横に胡坐《あぐら》をかいた。少し遅れて衣の香りがふわりと降りてくる。

「お話し合いはお済なのですか？」と楓。言葉尻につい咎《とが》める口調が出る。

「話し合いも何も……、すでに話が済んでいるようで。酒宴の支度などが始まりましたので逃げてまいりました。酒など飲んでいる暇はありません。舞の稽古をしなければ。気になる所作がいくつもある」と扇子を額に当てて難しい顔をする。こういう仕草が人たらし、女たらしの能芸者。そうと分かってもつい見とれてしまう。

「今更、お稽古でもするんですか？」

楓は目を逸らしてわざとぞんざいな言いようをした。

「当たり前ですよ。稽古はね、すればするほど良くなる。このところ能舞いなどはしていませんでしたから、所作も謡いも鈍っている。元に戻すのが大変だ」

この長安は信玄の寵愛を受けて士分に取り立てられたが、今の当主勝頼は諏訪大祝《おおほうい》の出自、神楽ばかりを重んじ能狂言を低く見る。そのせいで長安も疎んじられていた。今回の祝い能は武田からの引き出物、松姫から依頼されたのをいいことに、長安は武田を見限り織田への仕官を考えていると、訊《き》きもしないのに教えてくれた。

「松姫様からご指名を受けたときには大喜びでしたが、話を聞いて驚きました。すぐの出立、それも題目は弱法師。所作も謡いもまだまだで。しかしこの機会を逃《のが》しては私の浮かぶ瀬はありませんからな。織田のお殿様に認めてもらい、織田家に留めてもらわなければ。楓様も是非、良しなにお伝え願いたい」と頭を下げる。腰も軽ければ頭も軽い。

「お上手と思いますよ。私が言うのも失礼ですが」

「どのように？」と顔を突き出してくる。

「えっ？」

「どこが上手と思います？」と言われても困ってしまう。

「足拍子の調子が良く――」「私の工夫なんです。続けてください」「迷いなく動かれて――」「見切りができたと」「とにかくお上手で、思わず見入ってしまいました」「なるほど、なるほど。それで？」

「それで、とは？」

「もっと褒《ほ》めてくださいい。謡いの拍子が良かったとか。見立て所作が真に迫っているとか。よろめく姿が涙を誘うとか。いろいろあるでしょ」と自分で言っている。

「長安様の能しか観たことがないので……よく分かりませんが、見惚れてしまいます。絵巻のようにお話が進んで、でも絵巻よりずっと面白い。動くし声もする。実際に起こっているところを見ているようで――」と、つい思いを口にしたが、

「有難うございます。有難いお言葉。うれしいお言葉なのですが、それは能楽の楽しさ新しさ。初めて見た者はひっくり返って腰を抜かしますよ。能楽は人絵巻と言いまして、一度見たら忘れられなくなる。しかし私が言うのは能楽のことではなくて、私のことでして――」

「だから良かったと。皆さまも褒めておいででした」

「あの方たちに能の良し悪しは分かりませんよ。木曽の方々は初めて観て、ひっくり返ったというところでしょう」と大げさに驚き顔を拵《こしら》える。

確かに初めて見た者は驚くだけで、舞いの良し悪しなど分かるものではない。それは楓も同じこと。

「弱法師は難しいのです。このような題目をお好きな信忠様ですからね。相当に目が肥えているはず。心して掛からねば武田へ追い返されてしまう」

一行が犬山へと出発する直前、松姫は高遠城へ長安を召し出し、信忠の好きな弱法師能を舞わせて祝い品に加えることを決めた。

「なにせ急でしたから私もびっくりでした。実家の題目帳を書き写したんですが、謡いや詞の覚えだ

けで、舞いとなるとほとんどが口伝。まあ、だからこそ言葉遊びの即興や舞い工夫に面白みが出るんですが、まずは本筋を体に覚え込ませようと……。しかし不思議なもので、謡いを口にすれば体が勝手に動きます。子供の頃よりの習いが染み付いているのでしょうな。こう、芸能の霊が腹底に降りてくる。さすがは大蔵嫡流の子、血が騒ぐのですなぁ」と他人のように褒めている。

「そのような戯言《ざれごと》を」

「そう戯言。戯言でも言わねばとても私の舞える題目ではない」

「そんなに難しいのですか？」とつい口を滑らせて、気づいたときには後の祭り。

「そうなんです。弱法師能は奥が深いし、話自体も難しい――」と長安の舌が回りだした。

弱法師の舞台は天王寺。彼岸の中日には西大門に太陽が真西（極楽の方角）へ落ちるので、それを拝む風習〝日想観《にっそうかん》〟がある。盲《めし》いた乞食が日想観で目が治り、昔の縁を取り戻すという逸話を下敷きに、世阿弥《ぜあみ》の子、十郎元雅《もとまさ》が作った能題目。勘当された子が悲しみのあまり盲目となり、よろよろと歩く姿から弱法師と呼ばれ、父は悔いる気持ちで施しを行い、二人は日想観で出会うことになる。

祈りが通じたのか、これまで見えなかった目が見えるようになったと弱法師は歩きまわり、行き交う人々にぶつかりよろけ、現実に引き戻される。目が見えたのはただの錯覚で、二度と浮かれまいと誓う弱法師に、父は名を明かして故郷へ連れ帰る。

「お披露目では能仕舞だけですから、目が見えたと喜び浮かれ、幻だったと分かり恥じ入るまで。この部分の謡い舞いですが、これが実に難しい。日想観で目が見えるようになる、神仏の霊験話ですからね、幽玄に厳かに舞えば八方丸く収まるんです。丸く収まるは変か。皆が納得して安心する。心が安んじる」

楓は話に惹かれて頷くと、にやりと笑って顔を横に振る。

「しかしですな、この題目はその安穏を許さない。安んじた後、ただの錯覚だと冷や水を掛ける。現《うつつ》に戻すのです。ずぶ濡れの心を舞うのですぞ。〝見えたり、見えたり〟の夢幻から〝今は狂ひ候らはじ〟の現、現実に戻す。この落差を舞い切るのです。いやはや、とても私の技量では追い付かない。もっとほかの題目なら――」とさっきの強気はどこへやら、肩を落としてぼやきを続けている。浮き沈みの大きな男だ。

「良かったですよ。私はそう思います。松姫様もご覧になられて長安様に決めたのですから、ご自身を信じてください」

「そうですか？　そうか……そうでしたね。ああ、楓殿が菩薩に見えてくる。美しい。本当にお美しい。これは私の日想観」と手を合わせて拝む真似をする。

――また始まった。

長安は楓のことを〝美しい〟と、ことあるごとに言い添える。そのたびに言い返すのだが、言い返せば言い返すほど褒め言葉を聞かされるので、今は黙ってやり過ごすことにしている。

楓は美しいとは言えない。それは自分が一番分かっている。

大きな目に小さな顎、猫のようだと言われるので、なるべく目は上げないようにしている。髪は大きく波打ち、乳と腰の張った瓢箪《ひょうたん》姿は何を着けても着崩れる。こういう欠点を長安は美しいと言う。言い返すと、能楽師は人とは違ったものが美しいのです、と平気な顔。

楓も平気な顔で聞き流すことにして、

「お稽古をされるのでは？」と話を変えた。

「おお、そうでした。直しの個所がいくつもあったのです。忘れぬうちに手直しをしてさらわねば。お邪魔をいたしました。それでは私はこれにて」あたふたと席を立っていった。

二

楓たち一行は木曽口の峠まで来ていた。

木曽川を辿《たど》った道は、川を離れて丘陵地に入っていく。峻烈な稜線を見てきた目には美濃の山々は穏やかで、見上げる空は広く、色も変わった気がする。

峠を越えたところで地元国衆の出迎えがあり、国境での荷検《あらた》めを行った。祝賀といっても両家に和親は無く、国境での検問は厳しい。楓たちの人相検めはすぐに済んだが、武田家から贈られる甲州金や毛皮などは手間が掛かり、一刻（約二時間）ほどの時を要した。

その間、楓たちは日の当たる場所で毛氈《もうせん》を広げて待つことになる。冬空にヒヨドリの声がこだまして、座る女たちは野遊びのよう。

抱かれてばかりの子は一人で動ける楽しさで手元の草を摘んでは口に入れようとし、そのたびに楓は小さな手と諍《いさか》いをした。野草の握った手から青臭さと幼児の匂いがして、思わず頬ずりをしてしまう。

少し離れた場所では、長安が能所作の習いを繰り返し、気づいた子がよちよち歩きで後を追う。その後を楓が付いていくので三人が列を組んで踊っているようだ。

「こりゃ、稽古になりませんな。どれどれ、私が舞いをお教えいたしましょう」と眉広げのいつものとんち顔。子は〝ちゅーあん、ちゅーあん〟と長安の名を呼び、長安は向かい合わせで手を叩く。

「弱法師舞いですな。これはたいしたもの。そぉれ、〝見えたり、見えたり〟」

「長安様、お子があぶのうございます。煽《あお》らないでくださ――あっ」

転びそうになったところを長安がすくい上げ、

「ほら、大丈夫。お上手でございましたぞ。お子は舞いの才がある。そら、見えたり、見えたり――」

声に合わせてお道化舞いをして、子の笑い声が早春の野山を駆けてゆく。

「もうよろしゅうございましょう。お子をこちらへ」と抱え寄せると、まだ遊び足りないのか胸元でぐずり声を出した。

「お子と言われるが、名を付けないのですか？」

「名は父御《ててご》が付けるもの。そう松姫様が仰《おお》せでございます」言ってから〝しまった〟、母が松姫のような物言いだ。

「そうですか。松姫様が言われたのですか。人それぞれ思惑があるのですなぁ」と長安。摘んだ草を口に入れ、ゆっくりと顎を動かしている。こんなところを見せるから子が真似をする、と睨《にら》むが、

「思惑と言えば、楓殿は気づかれましたか、木曽様のご様子を」言ってから草を楓に渡してくる。

「木曽様？」渡されると試したくなり、楓も草の端を噛んでみた。青臭さの後に土の甘味が広がって、春の匂いを噛みしめる。長安は笑い顔のまま、

「なかなかのご隆盛。宿場にも活気があり繁盛しているご様子。これをどう見立てます？」と覗《のぞ》き込んでくる。

「どう、とは？」

「木曽は山に囲まれ、田畑も少ないのに豊かな土地柄です。これはどうしてか……」

「それは木材の商いが盛んだから」と返すと、

「そのとおり。それと東山道という東西をつなぐ要路があるから」と頷いて顔を向けてきた。能楽師の癖なのか目を逸らさない。楓は被《かず》いた袿《うちぎ》で顔を隠した。

「能楽は見立て芸と言いましてね、無いものをいかにもそこにあるようにして舞い謡う。何もないは何にでも見立てることができる。所作などはその最たるもの。形として表すためには諸々を考えて、考え抜くとその所作しか無くなる。そうなるまで稽古すれば、体が勝手に動くようになるんですが、それがなかなか決まらない。私などは決めては改め、改めては決めの繰り返しで……、えっと何の話でしたか？　ああ、そうか、木曽様の話、見立ての話でした」と、ひと笑い。

「木曽川も東山道も織田様が荷止めをしている。私は金山の蔵前衆でしたからね、その辺りはよく知っている。木曽様も美濃への出口を塞がれて商いが滞っているはず。それがあのように――」と侍たちへ顎を振り、

「織田様方と仲良くされている。昨日今日のお付き合いではないのでしょう。そうなれば見立ては決まってくるというものでー―」最後まで言わずに顔を伏せ、摺り足で後退《あとずさ》り、そのまま舞の稽古を始めた。小突かれぶつかりよろよろと、なにもないのに人込みの中を歩いているようだ。

楓も思い当たる節《ふし》があった。

木曽義昌の正室真理《まり》姫は松姫の実姉であり、松姫の文を預かってきたが病《やまい》とのことで会えずじまいだった。松姫たち実母姉兄妹はつながりが強い。文を読んだのなら妹の様子を直接聞きたいと思うのが人情。

それをさせない理由がある。

それが何なのか、さきほどの長安の話につながるのか。

長安に目を向けると、人にぶつかる仕草で転び、転んでは起き上がる。そのたびに子が声を上げていた。

駕籠を囲んだ一行が丘陵地を下っていく。

前に織田侍が並び、その後ろは祝い品の数々、子の乗る駕籠の後ろに市女笠《いちめがさ》の楓たちと長安、後ろを木曽衆が固めている。寝ている以外は楓が子を抱いて歩くので、駕籠は空《から》の場合が多かった。

目の前に青い丘陵が重なり、手前には木曽川が陽を照らし、甲斐から来た者にとっては春のような景色だ。前を歩く荷駄衆から祝い唄が上がり、合わせて長安が猿楽踊りで祝い気分を盛り立てて、前後を固める侍たちもどこかのどかな顔つきをしている。

能仕舞が気になる長安は、暇さえあれば謡い詞を呟《つぶや》いては所作の仕草を繰り返し、遊んでほしいと子が声を上げると、そのたびにお道化仕草で〝見えたり、見えたり〟を返してくる。それが面白くて腕の中でまた声を上げた。柔らかな温もりが腕や胸、首元へと動くたびに赤子の匂いがして、愛《いと》おしさがこみ上げてくる。

——自分の子ならどんなに良いか。

そこですぐに思い直す。

——わたしの子なのだ。

楓と源三郎の子。源三郎に名を付けてもらい、楓たちはどこかでひっそりと暮らすことになるだろう。楓は身分違いの昔の女、お城に上がることもなく、家臣の家か寺の離れで子を育てる。子と楓だけの暮らし。源三郎は顔を出すだろうか。

そこで源三郎へと思いが向くが、やはり顔が曖昧だ。

顔のない男なら気にすることはない。子はきっと源三郎にも似ているはず。だってこの鼻は織田家の証し。楓さえ黙っていれば気づかれることはない。

黙ったまま周りを騙し、子を騙し、己を騙して、いつの間にか騙していることさえ忘れてしまう。何が本当か分からなくなり、これが長安の言う幻と現。見たいものだけを見ていれば、現のことなど忘れてしまう。そうなればこんな不安もなくなり、甲斐のことも、松姫様の顔も思い出さなくなり……。そうなれば——

「どうかされました？」

長安の声で我に返った。顔から血が引いていく。

「いえ、何も……」

「高遠のことを思い出されていたのですか？」

「……」

「違いましたか」と勝手に顔色を読んでくる。

「楓殿は時折そのような顔をされる。そのような、ですか？　何と言いますか……憑依顔」言った後にしげしげと眺めてくる。

「憑依顔……」

「もう消えました。戻ってこられた」

「戻ってきた？」

「憑依から戻ってきたので……すいません、おかしなことを言いました。いつもの戯言と聞き流してください」と言われれば聞きたくなる。猿楽師らしい言い様だ。

「猿楽能は憑依芸でして、翁に、男に女になり、人霊や鬼を己が身に憑依させるのです。そのたびに顔つきが変わる。その一時、別の世界をさまよい、憑依顔になる、今の楓殿のような顔。何と言うか……美しい顔。つい、呼び戻したくなる。猿楽師は面を着けるのですが――」

面を着けて舞うところは見たことがない。それを言うと、

「今回は面も装束も着けずに見せ場だけを舞う能仕舞。猿楽は境内で行う音曲芸。その一部が能楽ってところでしょうか。能仕舞はさらにその一部。面を着けませんからね、この顔を」と顔を突き出し、

「面に変えなければなりません。顔を作らず表情の無い顔で、すべての思いを伝える。まさに憑依芸。楓殿はそういうお顔をされていた」と見つめてくる。

急いで目を逸らして「犬山のことを考えて……」と言葉を濁した。

「織田様とのご対面を？　そうでしたか。私もそれを思うと嬉しいやら怖いやら。舞いたいのか、舞いたくないのか分からなくなってしまう。自信があれば早く舞いたいと思うのでしょうが……。考えれば考えるほど分からなくなる。これを何とか地獄というのでしょうね。ぐるぐると同じところを回っている」

長台詞を聞きながらなんとか気を落ち着かせ、

「お稽古のこと、ですか？」と話を誘えば、

「そうなんです。よくお分かりで」と誘いに乗って、祝い能の話を始めた。

「〝見るぞとよ、見るぞとよ〟の法悦の頂点から、〝今は狂ひ候らはじ。今よりは更に狂はじ〟と現の世に戻される。このときに元の乞食男に戻るんですか？　戻るんでしょうね。戻れば父親との再会が盛り上がる。そうは思っても、もやもやしてしっくりこない。それで困っているんですよ。元々能は神仏への奉納舞い。それに話を付けて舞台の上で現した。世阿弥様が夢の話を工夫され、霊魂という幻を舞わせた、私はそう考えているのですが、それが〝見えたり、見えたり〟で、神仏を見せて皆を安心させる。腑に落ちる。ああ、よかったな、です。ところがですよ、それを作者の元雅はひっくり返してまた元の弱法師に戻した。夢から現に戻したんですから、これが同じ弱法師であろうはずがない」

「難しいお話で楓にはとんと――」

「仮の話、楓殿が祭りに行くことにしましょう。何日も前からあれもしたい、これも見たいと心躍る。しかし、いざ当日になると行けなくなった。このとき、祭りの前と同じでしょうか？　同じ気持ちで居られましょうや？」長安の口調が芝居掛かってきた。

「それは……同じというわけには――」

「どのように？」

「どのようなと言われましても……口で表すことはできません」

「そう、口では表さずに所作で表す。これが難しい」と眉を広げて困り顔を作っている。ころころと表情が変わり、これが長安の楽しいところ。

「作者の元雅は世阿弥様の長男でして、ああ、これは前にも言いました。芸能者には移譲とか相続とか、特に座主はしがらみが多くありまして……。元雅は遅くにできた子で、すでに世阿弥様には養嗣子が居たんです。それでも元雅が凡庸な舞い手ならば一座のワキツレ（脇役）にでもなったでしょうが、悲しいかな才があった。舞ばかりではなく謡いや作能にも秀でている。父子の衝突があったんでしょうな、元雅は結局、世阿弥座を離れていった」

長安は一人頷いて、

「分かります。分かりますよ、私も能楽師として育ちましたから。その元雅が作った弱法師が二度と狂わない、夢など見ないと言うんです、夢幻を見せてきた世阿弥様へ。私にはそう見えてしまう」楓の顔を覗き込んでくるが、どう答えていいか分からない。

「そんなことまで気にするな、そういうお顔をされましたな。しかしここが大事なところ。信忠様は弱法師がお好きだと、このことが重要なんです。なんとしても織田家に仕官させてもらわなければ。〝舞い上手な能楽師〟ではだめなのです。〝あっぱれ、能楽師。新趣向じゃ〟と言わせる。私にはその景色が見えるんです。見えるんですが、そこで舞っている己の姿が朧《おぼろ》で……、どう舞えばいいのか分からない。なぜお好きなのか。これを読み解かなければ、〝あっぱれ能楽師〟とはならない」と腕を組んで考え込んでいる。

長安が静かになると腕の中から寝息が聞こえてきて、見ると子が口を開けて寝ている。長安の長話が子守歌になったのか、甘い息とともにくたりと重みを増して、楓は駕籠に乗り込むことにした。

武田菱の紋入駕籠は広く、権門駕籠と言って黒漆で仕上げた豪華なもの。隅に小さな火桶、灰の中に炭火が埋めてあり、春のように暖かい。これは松姫が用意してくれたもの。乗るたびに楓は身が縮んでしまう。

卑屈になってはいけない。

高遠城で松姫の実兄、仁科盛信に言われた言葉を思い出す。

〝お前は犬山城主織田勝長殿のお子のご生母として武田家から遣わされるのだ。そのこと、忘れるでないぞ。母への扱いがそのまま子の扱いになる。軽く見られてはならぬ〟

――盛信様の言うとおり。これはわたしの扱いではなく、お子への配慮。お子の一部となって動かなければ。

何度も胸奥に言い聞かせていると、松姫との別れへと思いが向いてゆく。

別れの前日、楓と松姫は一晩語り明かした。

楓が松姫へ遣わされたのは十年前、信忠ご正室として最も華やかだった頃。四季それぞれに催しを行い、皆からもて囃されていた。しかし両国が敵対すると敵国織田者として肩身の狭い生活となる。潮が引くように人々が去り、松姫と楓の二人だけの日々。信忠の文だけを頼りに息を潜めて暮らしていた。何度も何度も文を読み返し、小さな喜びを拾い集めては手の内で温め合ってきた。松姫の思い出は楓のものであり、二人の思い出はいくらでもつながり、言葉となり笑いとなり、涙となった。

楓は駕籠の揺れに合わせ、語らいをなぞっていた。〝あのとき松姫様がああ仰せられた〟〝楓はね、こう答えたのよ〟何度も同じ話をして、そのたび二人で声を上げる。鳥の声で夜明けに気づいた頃、思い出の中から〝憑依〟の言葉が浮かび上がってきた。

「……憑依が起こるの？」

「そのような恐ろしいものではございません。ただ心を操るだけ。侍女修行で習い覚えたこと。自分の心、時には人の心も。人と自分、一緒に操ればつながることができるのです」

「心を操るの？」

「そうですよ。ちょっとしたコツがあるのです。印を結んで――この印は秘密なのです。人に伝えてはいけないこと。この印を結んで三度唱える。すると言葉が鞭や餌になって心を操ることができる」

「本当にそんなことができるの？」

「できるのです」

「本当に？」

「やってみましょうか？　そうだ。姫様と私、つながるようにすればいい。楓の心が姫様を求めて飛ぶのです。姫様は気づいてくれるでしょうか？」

「楓の気配なら必ず気づきます。でも……大丈夫なの？」

「松姫様との大事な思い出を楓の心に結んでくださいませ。それがいい。思い出に。お願いします」

「楓の心に私がつながる。憑依が起きる……」

「鍵《かぎ》となることと思い出す言葉を組み合わせてくださいませ。それを三度」

「鍵と言葉……」

「そう、三度。いいですか？　印を結びます」と目を閉じた。闇の中で松姫の声が響く。


「楓殿……、楓殿……」外から長安の声がした。

「長安様、控えなされ。お子がお眠りでございます」

威厳を示そうとしたが、言葉尻がしぼんでいく。

「楓殿とはお話しをする機会もなくなりますので……。是非、長安の気持ちをお聞き願いたい」

どきりとした。恋文のような言葉。まさかこのような場で……いや能楽師に世間の箍《たが》など無いと聞く。

楓が混乱している間に長安は言葉を続け、

「信忠様のこと、なにか手掛かりはございませんか？　楓様は松姫様に付いてお殿様にもお会いしたと。何でもいいのです。能の工夫になるようなことがございませんか？　私の能楽は松姫様のお祝い。お殿様が喜ばれることは楓殿も望まれることと思いますが、いかがでしょうか？　是非ともお考えを――」

そういうことか――と落ち着くとともに勘違いした自分が恥ずかしくなり、いつまでも続く長安の言葉を切って、

「どのようなことでしょう？」

「おお、有難うございます。先ほどの話。なぜ弱法師を好まれるのか。なぜ選ばれたか」

「それは……」

先ほど思いついたが、敢《あ》えて言葉にしなかった。それは侍女が口にすることではないから。しかし今は言える気がする。

――信忠様の気持ちを推し測ることは、松姫様や盛信様も望まれること。

「近くに……」

このこと他聞を憚《はばか》る。扉窓を細目に開けて長安を呼ぶと、何気ない風を装って籠の横に付いてくる。

心を落ち着かせて低い声を出した。

「長安様のお話を聞いて気になることがあります。それは父子のこと。信忠様もお父上の信長様のことをひどく気にされておられました。それは当然のことでしょう。お父上と言っても大大名なのですから。いろいろとお考えはあるようですが、今は抑えているようで、信長様のご意向に沿うよう努められ……、松姫様のことも、泣く泣く武田へ戻されたのです。お二人ともそれは辛《つら》いお別れでござい

ました。信忠様は必ず連れ戻すと誓われておいでで。それが証拠にご正室をお迎えにならない」

織田家の当主である信忠は二十六にもなって正室を迎えていない。これは松姫への誠意と見て間違いない。松姫もその一点で信忠を信じていた。

「なるほど、なるほど。弱法師をご自分と見ているのですな。能楽好きならば世阿弥様と元雅との軋轢《あつれき》も知っているはず。父を越えようとする元雅の能を好まれた、とも言える。なるほど、これは良いことを聞きました」

長安は窓越しに楓の視線を捕え、微笑みを残して駕籠から離れていった。

三

犬山城は木曽川に突き出た丘上に建つ平山城で、川沿いに下ってきた楓たちも遠くから見通すことができた。近づけば近づくほどその威容が迫ってくる。

「城下に入ります。人の目もございますので、お駕籠に入っていただけませぬか」

織田者の声で駕籠に入り、駕籠の揺れに身を任せると、また後悔がこみ上げてきた。

あの大城の主が源三郎。楓の後ばかり追う少年が織田の血筋に戸惑い悩み、人の目ばかりを気にして、寂しさを紛らわすように楓を求めてきた。

それは楓も同じ。松姫様付き侍女として織田から遣わされ、敵国織田者として年老いて朽ちていく。そんな行く末しか見えない中で、源三郎は唯一の灯火《ともしび》だった。火に集まる羽虫のように源三郎へ引き寄せられ、夢を見た。一夜だけのつもりが夢の続きを追い続け、その挙句に偽りの母として会おうとしている。

——いくら姫様の頼みとはいえ、断るべきだった。

思いが胸を締め付けて、楓は駕籠の中で身を縮めていく。

太鼓の音を聞きながら城内に入り、館前で駕籠から降りる。一行は館内で詮議を受けることになり、楓も子と離れて奥まった畳間に通された。

詮議方の者と相対し、隅には文机を前に右筆《ゆうひつ》（書記）が一名。板戸に囲まれ、何の装飾もない。詮議方の役人は挨拶もなく、源三郎との過去を訊き始めた。

いつ、どこで会ったか、会っていた刻限はどれくらいだったかなど、言葉は丁寧だが曖昧を許さない役人顔で尋ねてくる。言い淀むこと、口にできないこともあったが、そのたびに顔を伏せて言い直した。何度も同じことを訊き返され、それが終わると身籠ってから出産までのあれこれを訊いてくる。これは松姫と同行し、時に入れ替わっていたのでよく覚えていた。

調べも終わりに近づいた頃、音もなく板戸が開き、重臣らしい男が入ってきた。詮議方も右筆も姿勢を正して侍辞儀。楓も急いで頭を下げて畳目を見つめた。

——信忠様の付き家老、河尻秀隆様。

二年前、岩村城での祝言のとき、楓は何度も顔を合わせていた。切れ者で油断のならない男。畳の目を数えながら心を落ち着かせてゆく。

「気にせず、続けろ」

河尻の声に詮議方が空咳をして、楓は顔を上げた。

河尻は痩せた体に小袖を重ね着して紺藍の大紋素襖。手を組み、目を瞑ったまま顎を突き出して置物のように動かない。

「初めてご関係を持たれたことからお聞きする」

これで何度目だろう、と思いながら、

「源三郎様が十六の年でございます」と答えていく。何度も言葉にしているので他人事のように口にすることができる。右筆が筆を動かし、二人の初めてが文字になっていく。なんだか他人事のようだ。

「会うときの連絡は？」

「源三郎様からそのような文が……」

「文は残っておりますか？」

「いえ、そのつど燃やしました」

「このまま続けましょうか？」これは河尻に向けての詮議方の問い。河尻は目を瞑《つむ》ったまま口を開いた。

「当方の調べと合致しているのか？」

「大方《おおかた》は合っております」

「それでは重要なことだけでよい」

「最後にお会いしたときのことをお教え願いたい」

吐息のような息を吐《は》いて一気に話した。

「松姫様が岩村城へ出立するふた月ほど前にございます。あの日は風の吹く寒い日。いつも使っている川縁の宿に源三郎様は舟で先にお越しでした」

「よく覚えておられる」

「女子《おなご》は……覚えているのです」

「お殿様は覚えておられなかったぞ」

〝代わりに私は顔を覚えていない〟胸内で呟いてから頭を下げた。

「その時に胤《たね》を宿したとしても、生まれるまでが長うございますな」

突然、今まで尋ねなかったことを訊いてきた。楓は目だけを上げて詮議方を、そして河尻へ目を据えた。

出産は盛信の配慮で人の耳目の届かぬところで産んでいる。生まれ月も分からないようにしていたが、この者たちは知っているようだ。

「お子の生まれは一昨年の十一月。そうでありましょう？」

武田領内での間者の働きか、楓のことを相当調べている。生まれを言い当てるとなると取り上げ婆から聞き取ったのかもしれない。楓は婆の知っていることを思い描いてみた。最初から楓と松姫は入れ替わっていたから、婆は松姫を侍女の楓と見ている。何も恐れることはない、と自分に言い聞かせた。

「取り上げ婆から話を聞いておりますが、髪は長かったと……」

最後まで言わずに視線を髪へ向けてきた。振り分けに切り揃えた髪は大きく波打っている。

「これは……」と唾を呑み、思いつくままを口にした。

「妊婦が髪を切るのは不吉なこと。ですので、髪は子が生まれてから切ったのです。このように」と髪を振り、「私は癖毛でございますので、髪の結《ゆ》わえ方で膨れて長く見えるのです。それを勘違いしたのでしょう」

「結わえ方？」

「様々な結わえ方がございます。私は捩じりながら結わえるのです。さすれば真っ直ぐな髪に見える。癖髪の女なら誰もがやること」

「そういうものか」と生な口ぶりで聞き返し、咳払いで自分の言葉を打ち消している。

「松姫様のこと――」

唐突に河尻が口を開き、

「ご息災か？」戦焼けの皺顔を向けてくる。

「お元気でお過ごしでございます」

「ご婚礼のお話などはないのか？」

「松姫様はお殿様のご正室。そのようなこと、あろうはずがございません」

否を示しながら言葉を継いだが、実は何度かそのような話があった。しかし松姫は説得に来た男たちに頑として頷かず、〝信忠様がご正室を迎えていない以上、夫婦約定を勝手に破ることはできませぬ〟これが松姫の言い分だった。

楓の思いを計る目付きで河尻の問いが続く。

「今は高遠城に居られると聞いたが、新府城へは入られぬか？」

「新府城は普請が続いておりますので、当分の間は兄上様の高遠城で――」話しながら新府の普請は秘密だったかと思い、

「新府はすでに皆様方の城移りも済んで大層な賑わいと聞いております」と言い繕《つくろ》った。

「城移りはご嫡子信勝様への代替わりの準備と聞いておる。武田様も忙《せわ》しないことよ」

勝頼から信勝への家督譲りは楓も聞いている。

信玄が死に際して家督を譲ったのは孫の信勝であり、子の勝頼は〝陣代として支えよ〟というものだった。そして十年が過ぎ、勝頼の十年は徳川織田との戦いであり、外交転換をするなら当主は信勝でなければならぬ、と織田方から内々に伝えられていた。

「松姫様は織田様と武田家を繋《つな》ごうとされ、美濃に近い高遠に居られるのです。織田様と和与となるよう、私にも仰せでございます」

「和与か……」

ぽつりと言い、表情が消えていく。〝何もないは何にでも見立てることができる〟長安の言葉を思い出し、楓は河尻の皺顔を見つめていた。困り顔、怒り顔、嬉し顔、どれも違う気がする。ゆっくりと口元を歪め、それが笑ったように見えた。

「それは姫様の考えとして聞いておこう」と口中で呟いてから、優し気な声を出す。「しかしお主は違うのぉ。お主は織田が遣わした侍女だからの。何か勘違いしているようだから言っておくが」と声を改め、

「お前は織田の侍女で、捕らわれの源三郎殿をお慰めした。それは武田家の与《あずか》り知らぬこと。もしお前が武田者なら子の扱いも変わってくるぞ。そしてお前の扱いも。ここに武田者の生きる道はない。そのこと、得心《とくしん》せよ。分かったな」

目を光らせて念を押し、視線を払うように席を立っていった。

一応の審議が終わると楓は一人、別の畳間に戻され、そこには織田方の付き侍女が待っていた。身の回りのことはこの女が行うことになり、高遠の女たちは武田へ戻すと教えられた。子のことを訊くと、乳母が付けられたと言うだけで詳しいことは分からない。

女を下がらせ、楓は崩れそうな気持ちを励まして考えようとした。今までのこと、これからのこと、考えることはいくらでもある。考えることだけが流されそうになる気持ちを支えてくれる。今までそうやって生きてきた。

織田が和与を模索しているとは思えない。取次の源三郎はどう考えているのか。どう動いているのか。子はどうなるのか。

――私の子ならば織田者の子。しかし松姫様のお子ならどのように扱われるか……。

楓にはその先が分からない。分からない以上、このまま秘密を守り通すしかない。黙って子を育て、

そのうちに秘密など忘れてしまい、本当に自分の子と思うようになる。記憶を飼いならし、思いどおりに変えていく。それまで五年、いや十年か。

――子を産んだ体は調べれば分かると聞く。体を調べられたらどうしよう。もし取り上げ婆を連れてこられたら……。

考えれば不安の芽はいくらでもあり、それが次々と膨らんでくる。不安を抱えたままこの先ずっと生きていく。考えただけで呼吸が浅くなり、膝を崩して胸を押さえていると、付き侍女が声を掛けてきた。

急いで身繕《みづくろ》いをして応えを返す。板戸が開き、

「お殿様がお越しでございます」伏し目で告げるが、長年侍女勤めをしてきた楓にはこの女の動きがよく分かる。楓の様子を見定めに来たのだ。

城の中で敵国から来た女が何をするのか、目の端で様子を窺《うかが》っている。

「有難う。お通しするように」

女が下がるとすぐに足音がして、

〝楓、楓はここか〟と板戸が開いた。

――源三郎様。

思いが溢《あふ》れる前に、後ろに控える小姓たちに目が行く。好奇、疑い、嫉妬の色もある。

源三郎は楓の目線に気づいて、

「その方らは下がっておれ。私が呼ぶまでここに近寄るでないぞ」

板戸を閉めてから楓を抱き寄せた。

「楓、待っていた。久しいな」と頬に手を添え、

「うん。楓だ。お前は変わらぬなぁ」と頷いている。

「源三郎様……ご立派になられて……」

綺羅《きら》の直垂《ひたたれ》に折り烏帽子、焚き染めた香りに包まれて、つるりとした若い顔に似合っている。

――このような顔をしていたのか。

やはり憶えが曖昧で、知らない男に見えてしまう。その顔が勢い込んで話しだした。

「京で上様に、父上の信長様にな、馬揃えを見せていただいた。織田はすごいぞ。日の本すべてを治めることになる。切り取り放題だ。私もその一翼を担うことになる。これは上様のお仰せだからな。今はこの犬山で兄上の与力だが、なに、慣れればすぐに大国を任される。そのための稽古のようなもの。私はこれからじゃ。それで――」

「武田のお家との和与については……」

いつまでも続きそうな話に楓が声を挟《はさ》むと、源三郎は難しい顔をして、

「武田か。今は遠い昔のようだ。夢のような気もする。上様が私を認められたのも武田との交渉だが
……、もういいようだ」

「いいとは？」

「後は河尻殿の扱いになる。河尻殿を覚えておるか？」

「よく覚えています。私の取り調べ吟味もされました」

「そのような顔をするな。あの方は大事だぞ。私の配下も河尻殿に揃えてもらった。それに私の師となる方だ」

あの河尻の傘下に源三郎が組みこまれる。考えれば当たり前のこと。河尻の指示で源三郎は武田と交渉を行っていた。

「信勝様と和与が進んでいるとお聞きしました」

「武田の信勝様か」

源三郎が無表情になる。河尻と同じ顔。

楓はこの男の考えが見える気がした。

――和与の考えなどない。

それなら、なぜ偽りの交渉をしているのか。

子を手に入れるためか。顔も見たことのない子のために源三郎が動くとも思えないし、ましてや楓のためとも思えない。このはしゃぎようは予期せぬ贈り物に喜んでいるようだ。

楓は男の胸に顔を埋めながら、織田の考えを探ろうとしていた。

四

数日後のよく晴れた吉日、祝い贈りと両家の挨拶が行われることとなった。

挨拶とは交渉の始まりを意味する。武田方は先方衆である木曽の重臣、織田方は取次役の河尻秀隆と織田源三郎勝長、そして勝長の子が戻されることでもあり、織田家当主として信忠も臨席する。

まずは両家の挨拶と国境沿いの数々の課題を話し合うのだが、両国の境は複雑で話し合いは長く続く。

その間、楓たちは別室で控えていた。

子がぐずりだしたので乳母が外廊下であやし、部屋では長安が謡いを繰り返しては、体を揺すって舞い所作をさらっている。

楓も自分を落ち着かせようと畳の目を数えていた。

源三郎の話では、織田方は和与など考えていないようだ。それなら子の秘密は明かさないほうがいい。松姫もそう考えるだろう。間違っていない。そう心決めをしても、本当の父である信忠の前でそう言いとおすことができるだろうか。そもそも自分の判断は正しいのか。自信がなくなり、また畳の目を数える。

「楓様も気が張っていますね。私もそうなんです」

こういうときに黙っていられない長安がまた口を開いた。

「自分ばかりでない、と分かれば少しは落ち着くような……、やっぱりだめだ。とんでもない間違いをしそうな、詞を忘れそうな――」

「まだ舞いを迷っているのですか？」

「舞い？」

「前にお話しされていた、信忠様のお考えを合わせるとか、見立てて舞うとか」

「ああ、それですか。それは決まりました。言っていませんでしたか。そうでしたか。それはですね」

と唇を湿らせて長台詞を言い出す仕草。長安にとって緊張することとお喋りは別物のようだ。

「弱法師が幻を見て喜び、しかし現に戻って悔しがる？　がっかりする？　腹を立てる？　どう演じれば信忠様に良く映るか、そこですよね。元雅は――元雅というのは弱法師の作者ですよ、その元雅は、父親であり師匠である世阿弥様の夢幻能に、自分独自の色を付けようとして、それが弱法師なんです。この作、幻ばかりをもてはやす世阿弥様の能ではなく、雑駁《ざつぱく》な現にも花を、妙を得ようとした」

花とか妙とか、また分からない能楽言葉を使っている。

「〝花〟は見た目。〝妙〟は気持ちってところでしょうか。分かりませんか？　楓殿の美しさが花、それを見てうっとりする、私の気持ちが妙、では？　すいません。戯言です」

「……戯言」

「弱法師でしたな。元雅は現の中にも花や妙を見いだそうとした。このこと、能楽好きの信忠様ならご存知のはず。その弱法師を好まれるということは……元雅と同じように父親を越えようとされている」

　言葉を切って頷くので、楓もつられて頷きを返した。

「それなら舞いは決まりです。幻を見て喜ぶなら、現に戻っても喜ぶ。力強く〝今よりは更に狂はじ〟と顎を上げて舞う。これが信忠様のお気持ちに響く舞いなんです。そこで〝長安、見事なり〟と言うでしょうか？　ここが大事。面白いと頭で分かっても見た目が大事。見た目という花が大事なんです。私はね、見せる花がない。それが分かったから侍になったんで、これはどうしようもない……。いえ、大丈夫。それでこれを」と横に置いてある紙の水干《すいかん》衣を指し、

「紙衣を着けて舞い、舞いながら破るのです。紙ですからね、簡単に破れる。人から押され小突かれ、衣が破れる。こういう見立ては私の得意なところ。破れた水干姿で弱法師は現に戻る。ぼろ姿で立ち上がり、胸を張って〝狂はじ〟と言うのです。どうです？　私の趣向。良いと思いませんか？」と言われても、

「面白そうとは思いますが……」それが能仕舞として良いことかどうか分からない。聞いた長安は眉を広げて笑い顔。

「そうですか。面白いは褒め言葉。それでいいんです。面白いが見た目の花になり、心の妙になる。親父の言葉ですが、能楽はそんなもの。あっと、そんな怖い顔をしないでくだされ。これはまじめな話。私の舞い技量がそんなものなんですよ。自分で言うのだから間違いなし。それで何か工夫をと思いまして紙衣を思い付いたのでござい――」

　――長安の技量は劣っているのか。そんな猿楽師をなぜ、松姫様は贈り能とさせたのか。

考えれば腑に落ちぬことが多い。猿楽師を急遽《きゆうきよ》決めるなど、松姫様には珍しいこと。それも選ばれた者は能楽から離れて久しい長安で、理由は弱法師を知っているから。松姫様ならその技量を見抜いたはず。信忠様への贈り能楽としてはふさわしくないと思っただろう。お好きな演目だからこそ、稚《ち》拙《せつ》な舞いなら不興を買う。

——弱法師を贈ること自体に意味がある。二人にしか分からない、合図のようなもの……。

もの思いに囚われていると、

〝……楓殿、楓殿〟長安に呼ばれて気が戻った。

「大丈夫ですか？」

頭を振って目を上げると、長安が心配そうに覗き込んでくる。顔が間近に迫って急いで目を逸らした。

「大丈夫です。考えごとを、いえ、ぼんやりして……」高鳴った胸を抑えていく。

「畳を睨まれておりましたぞ。大きな目が今にも落ちそうで。ハハッ、これも戯言。おお、お子も心配して戻ってこられた」

見れば、乳母に抱かれて子が戻ってきた。頻《しき》りに手足を動かして、座るとすぐに歩きだす。

「おおっ、これはお上手。〝見えたり、見えたり〟ですな」

長安の声に合わせて歩くが、すぐに転び、起きてまた転ぶ。そのたびに大人たちが声を上げ、冬の座敷を明るくさせていく。

そこに近習の控えめな声。大広間からの呼び出しが来た。

近習の先導に、乳母に抱かれた子と楓、最後に長安の順に外廊下を大広間へ向かっていく。冬の陽光が長く伸び、光の筋を掴もうと子が小さな手を広げる。あやしたくなる気持ちを抑えて足元を見つめて歩いていく。

すでに楓の住まいは寺の離れに決まっていて、この子は大広間でのお披露目が済めば楓から離される。

これは松姫の望んだこと。楓はそれに従うだけ。そう思おうとして、また胸がうずいた。

――松姫様の望んだことは本当にこれだったのか。

大事を前にしても逡巡《しゅんじゅん》は続いている。板戸の前で膝をつき、顔を伏せると声がして、言われるままに大広間に入っていった。

正面押板には侍が三人。左右に木曽衆と織田方が向かい合わせに座っている。木曽衆の後ろに通され、乳母に抱かれた子と楓、少し離れて紙衣を着けた長安が座る。楓たち母子を告げる声がして控えめに顔を上げると、押板を背に木曽衆側に源三郎が座り、織田方には河尻の渋顔がある。すると正面が信忠か。目を戻すと、

「楓、久しいな」声が掛かった。

――確かに信忠様。

二年前、松姫に従って過ごした岩村城で、楓は何度も顔を合わしている。張りのある目元に大きな鼻と瓜実顔《うりざね》は変わらないが、顎《あご》筋に年相応の風格が出ていた。

すぐに顔を伏せて頭を深くする。様々な思いがこみ上げて、心を鎮めようと板床を見つめていた。

「子の名は？」と信忠の声。

「お名前はこれから……」と小さく返す。

「まだ決めておらぬのか。源三郎、子の名を決めるは父の務めぞ。早う決めてやれ」

「兄上、これがなかなか難しいので――」

「勝長殿の幼名は坊丸でござったな。それでは同じ坊丸ではいかがか」河尻が口を挟むと、源三郎は良いとも悪いとも言わぬまま曖昧な表情を見せた。

「まあ良い。ゆっくり考えろ。父であるお主が決めればいい」

話の区切りを待って、近習が声を長安に向けた。

「いま一人は武田家家臣、金山方の土屋長安殿。此度は祝い猿楽の道祓《はら》い役としてご同行されました。松姫様からのご祝辞をお伝えするとのこと」

弱法師の能仕舞は秘されていて、祝辞ということにされていた。

松姫の名に、信忠が身を乗り出してくる。このことは聞いていなかったようだ。

皆の視線が集まり、さすがの長安も強張《こわば》ったまま平伏し、動かなくなった。唾を飲み込む音が聞こえてきそう。

「まっ、松姫様より仰せつかったこと。能仕舞として弱法師を一指し、舞わせていただきとうございます」

木曽衆は知っていたが、勝長の重臣たちは顔を見合わせ囁き合い、上目で信忠を窺っている。

声を上げたのは河尻。

「能はいかん。それはいけませんぞ」と否の首を振り、

「殿様は上様から能楽を厳しく戒められておる。装束も面もすべて取り上げられ、やっとご勘気が解けたところ。また能狂言を見たとなれば、何を言われるか――」

「分かっておる」信忠は河尻を制してから、

「松姫がわしに弱法師を贈ったのか？」と念を押した。

「確かに弱法師。お殿様へと、これは確かに仰せつかりました」

信忠は目を見開いたまま動きを止めた。目線は前には行かず、内に向いている。

「よりによって弱法師とは……。殿、いけませんぞ。松姫様からとは言え、もし上様のお耳に入れば。それに今は大事なときですぞ――」言い募《つの》る河尻を制し、そのまま子へ目を向けてきた。困惑から確信へ、そして喜びが眼差しに満ちてくる。

――信忠様はご自分の子と気づいている。

楓は信忠の考えが見える気がした。

――弱法師は特別な意味がある。例えば子の名前のような……。二人の間の戯言だったのかもしれない。戯言として忘れたことにもできる。織田方の事情の分からぬ松姫様は、信忠様に自分たちの子の扱いを託したのだ。そう考えればすべて腑に落ちる。

納得の目を向けると、信忠も見つめ返してきた。奥底を覗き込む眼差し。楓を通して松姫を見つめている。

胸の奥底から声が蘇ってきた。

〝勘九郎様があの眼差しをされたのなら、私を、松を呼び出して〟

あの眼差し――言われた時には分からなかったが、今なら分かる気がする。顔も見ずに娶《めあ》わされ、離れたままお互いを探り合い見つめ合った、あの眼差し。今も楓の中に松姫の痕跡を探そうとしている。

二度目の声が聞こえてきた。

〝勘九郎様があの眼差しをされたのなら……〟

交わし文だけを頼りに思いを通わせてきた二人。文字裏に潜む姿をお互いに見つめ合ってきた。今は楓を通してお互いを求めている。

視線に導かれて、三度目の声が沸き上がってきた。松姫の思念が溢れ出てくる。

やっと逢えた喜びに体が震え、松姫の思いが楓を満たしてゆく。輿入れの沸き立つ心と蜜のような逢瀬、そして辛い別れ。子を成した喜びと手放す苦しみ。松姫の思いが体の隅々を満たしていく。信忠に触れた指先が、触れられた首筋が二人の逢瀬を思い出し、目は松姫のものとなり口に姫が乗り移る。

「……勘九郎様」

喉から声が出た。――これは松姫様の声。

楓も姫の声を聞いていた。

「この子は勘九郎様と松の子。あのとき交わした約束、子の将来をあれこれと話されて……、覚えておいでですか。松は……」

不意に憑依が抜けた。

中身の抜けた筒となって楓は体を深く折る。床板を見つめながら自分のしたことを思い出し、全身から汗が噴き出た。同時に震えが起こる。

憑依という怪異への驚きとともに、衆目の前で信忠に不遜な口を利いたこと、そして松姫の三度の誓いが意味することに気づき、驚き、畏《おそ》れた。

指先が、腹が、肩が震え、歯が鳴り出したので奥歯を噛みしめる。

咳ひとつない静寂が続き、そのうちに身じろぎの気配、ため息や咳払い、笑いを堪《こら》える喉音、それらとともに子の声がした。

見えたのは信忠のおどけ顔。楓は目だけを上げて声を追ってみる。

忠が手を広げておいでおいでをすると、頬を膨らませ目を寄せて、それを見て子が手を叩いて笑っている。信忠が手を広げておいでおいでをすると、乳母の手から離れて歩きだした。歩いては転び、助けようとする大人の手を払って歩いてゆく。

〝見えたり、見えたり〟遠くから長安の声。

「めぇたい、めぇたい」子の声が後を追う。

〝見えたり、見えたり〟今度は信忠が体を揺らした。と、子は走りだし、倒れ込むように信忠の腕の中。笑い顔で抱き上げて、

「お前が弱法師か？　弱法師なんだな。よぉ来た。よぉ来てくれた。そうか、わしの子か」と頬ずりをする。

「殿、そのような軽はずみなことを。河尻には何のことやら。お前、そこの女、何を企んで――」

「楓の言うとおり、この子はわしの子らしい。出自を隠してここまで来た。そうであろう？」楓の頷きに、

「名を呼ばれて分かった。松の声だった……。楓、お主は松からの贈り文なのだろう。源三郎、お主は知っていたのか？　ん？　知らぬようだな」

事情の呑み込めない源三郎はどういうことだと目を向けてくるが、楓にできることは頭を下げるだけ。

「源三郎、楓を叱るでないぞ。これはな、お主の手柄だ。お主と楓の手柄。秘かに子を連れだして、わしに抱かせてくれた。楓を大事にいたせ。よぉやった」と笑いを振り撒《ま》いて、源三郎が何か言い、するとまた笑いが起こり、それを叱るように河尻が周りの侍を咎《とが》めている。

その様子を楓はぼんやり眺めていた。

河尻の声を覆うように家臣衆が声を上げ、信忠が子を高く持ち上げる。すると手拍子や掛け声、信忠の笑い声が響いてくる。

――遠く騒ぐ祭りのよう。

華やかな祭り神輿が通り過ぎ、騒ぎながら離れてゆく。小突かれ転んだ後、静まる心根を抱えて立ち上がる弱法師――これが長安の言う弱法師の〝妙〟なのかもしれない。

「兄上が喜ばれるなら、私も嬉しゅうございます。楓、よくやった」

源三郎の声で我に返った。楓はゆっくりと頭を下げ、

「わたしは松姫様の許へ帰ります」言ってから河尻に向き直り、

「武田者にここで生きる術《すべ》はない。そうでございましょう？」と目を据えた。河尻は何か言おうと口元を歪め、歪めたまま横を向く。様子を見ていた信忠が、

「楓が決めたのなら、それでいいだろう。河尻、源三郎、料簡《りょうけん》せよ」両名の同意を見てから、

「帰すにしても、子運びの功労者を空荷で戻すわけにもいかぬなぁ。楓にはわしの文運びを頼もう。松への文だ。河尻、お前の言いたいことは分かっておる。これはわし個人の文。この子の母親に礼をするのだ。織田も武田もない」と子を膝の上に抱き直した。

そう言われては河尻も頷かざるを得ない。ひとつ空咳をして、

「大方の事情は分かり申した。お子が殿様の胤としても当方にとって悪い話ではありますまい。お子のことは、後でゆっくり正すとしましょうぞ」と場を収めようとしても、

「そうだ。名を決めねばならんな」と信忠は話を聞いていない。

「殿、気忙しいですぞ。ここはゆっくりと――」

「弱法師はどうだ？」

「いけません。その名は、その名だけはいけませんぞ」慌て声を出した。

「そうか。やはりだめか。よろぼしのよろ、四と六で十法師はどうだ？」

「弱法師からは離れましょう。殿の幼名は奇妙様。奇妙という名は……だめですか？　だめでしょうな。それなら安土の上様のご幼名、吉法師では？　この名を貰うのはどうでしょう？　これは上様に伺いを立てねば。しかしお話しするには間違いがあってはいけませんからな、事の経緯を詳《つまび》らかにし

てからでないと――」

「四《し》の五《ご》のと、うるさいことを言う」

信忠の顔が向く。

「四でも五でもないのなら」下座から長安が声を上げた。十分に間を取ってから、

「四でも五でもないのなら、三などはいかがでしょう。三法師様」言った後に笑い顔を作る。

「三法師か……三法師。良いではないか」と信忠。河尻も「上様のお名前は三郎様、三郎様と吉法師様を合わせて三法師。説明が付きますし、伺いを立てる必要もない」と今度は素直に頷いた。

座に安堵の気が満ちて、それを察してか、子が声を上げる。

「めぇたい、めぇたい」

「おお、三法師様も祝っておいでで〝めでたい〟ですか。めでたい、めでたい」と長安は手を打ち、調子を付けて、

「それ、〝見えたり、めでたい〟」と声掛けすると、信忠も声を合わせて「見えたり、めでたい」。すると周りの者も声を重ねるので、河尻の皺顔まで「見えたり、めでたい」。

最後は皆で声を合わせ、掛け声は部屋外まで響いていった。


楓と長安、二人は夕暮れの峠道を急いでいる。

木曽衆と別れて山道に入り、恵那の山を越えて武田領へ帰るつもりだ。この帰路は源三郎より許可を得ていたが、それを木曽の方々がどう考えるかは別のこと。とにかくここは急いだほうがいい。し

かしお喋りな長安のこと、足が動けば口も動く。さっきから同じ話を繰り返していた。

「木曽の方々は怪しいですぞ。以前から怪しいと思っていましたが、犬山のお城でよく分かりました。織田様との和与など考えていないご様子。高遠のお殿様にお知らせすればなんらかのご対応をされるでしょう。今日中にお山を越えましょうぞ。さすれば伊那のご領地。追手もありますまい。峠まであと少し。お疲れでしょうがご辛抱を」

「私は大丈夫」

「いいえ、私が休みたいのです。もう、足が棒のようで……はぁ、楓殿は健脚《けんきゃく》ですな。歩きどおしでここまで。女子とは思えませぬ。私も金山方で山歩きは慣れているのですが、どうも気が急《せ》いて息が上がってしまい……はぁ、なんとも情けない」とぼやいている。

「お喋りをしているからではありませんか」とつい言い返すと、

「これは歩き調子の掛け声のようなもの。道中の厄祓いと思ってくだされ。こういうことも猿楽師の務め。また怖い顔をされる。おお、その目付き。大きな目が兎のようですな。楓殿は気づいておられぬようですが、そのお顔、実に美しい」と話を別に向けてくる。

「また戯言を……」

「楓殿は時折そのような顔をされる」

「憑依顔、ですか？」と依然聞いた傾き言葉を使ってみる。

「そうです、憑依顔。能楽顔とも言いますが、私もそのような顔ができれば能楽技も少しは進んだのですが。いえ、目鼻の形ではないのです。何者かが憑依した顔。それが表情を作る。現を映して、美

しや、やぁ美しや、美しや」と韻を踏んで浮かれてから、
「大広間のお披露目のとき、楓殿は織田の殿様に能楽顔を向けておられた。私などはのぼせ上がってしまい、なにがなにやら分からなくなっていましたが、楓殿の顔を見て落ち着きました。楓殿はシテ（主役）で私はツレ（脇役）というところ。それならツレ役を演じてやろう、と。すると私にも憑依が起きまして、やはり二人の間柄《あいだがら》。間柄が有難や、やぁ有難や」

何を言っているのか分からないが、言い返さずに足元を見つめて歩き続けた。

確かにあのとき、楓の中に松姫が居て、憑依した松姫が喋り見つめ、信忠と相対していた。今、思い出しても不思議な心持ちになる。

筒となった自分を通して松姫の思いがほとばしり、同時に冷静な自分も居る。祭りの中に居るようで、大騒ぎする人混みの中で松姫を、信忠を探していた。

息の掛かるほど近くに居るのに見つけることができない。振り返ると二人の影が重なり、祭り神輿が通り過ぎてゆく。付いていきたいのに足がどうしても動かない。これが憑依者の性《さが》なのか、弱法師の心根なのかもしれない。

長安へ目を向けると、まだ言葉遊びや浮かれ謡を唱えている。

心を飼い慣らす、などと不遜な考えを持ったからか、長安の言う憑依術を身に付けたのかもしれない。通り過ぎる祭り神輿を眺める者。眺めるだけで、関わりたくても関われない。

しかしそれならそれでいいと思っている。憑依は人の思いを伝えること。

——忘れ術より余程良い。

楓の体には、いまでも松姫の余韻が残っている。

「峠ですぞ」

長安の声に女笠を上げ、そのまま後ろを振り返った。

美濃の丘陵は夕靄《もや》に沈み、稜線だけが幾重にも続いている。暮れ残りの冬空が身を縮め、あと一刻もすれば夜闇に覆われるだろう。三法師の居る犬山は、と目を凝らしても山峰に隠れて見通すことはできなかった。

「美濃の景色も見納め、か。甲斐と違って空は広いし、山が優し気ですなぁ」と長安が竹筒水を傾けている。

「織田に残られればよかったのに」

楓は何度も言った言葉をまた呟いた。

あの後、長安は織田方に引き留められたが、それを断って楓と同行することになった。楓は心強かったが、なんとも腑に落ちない。何を考えているのやら。

「あれほどに武田から離れたいと仰せられていたのに」

「信長様が能嫌いなら私に居場所はないですよ。人足使いはできても、戦《いくさ》はからっきしでして。どうも織田様は戦ばかりのようですな。そうそう、聞いた話では、信長様は信忠様の弱法師舞いを見てひどく怒られたとか。ご家中では弱法師は禁句なようです」

――それで河尻様があれほどに狼狽《うろた》えたのか。

楓は河尻の皺顔を思い出し、胸の書状箱に手を遣《や》った。河尻の指示で荷検めは厳しく行われ、お礼文を受け取ることはできなかった。信忠から渡されたものは古人の和歌《うた》のみ。

〝木の葉なき　むなしき枝に　年暮れて　また芽ぐむべき　春ぞ近づく〟

短冊は塗りの書状箱に入れて大事に預かっている。

長安が言うには、正月に年の瀬の和歌を贈るのは、春を強調したいから。お二人の春を待っているとの意だと訳知り顔で頷いていたが、しかし楓は別の解釈をしている。弱法師が二人の符帳《ふちょう》なら、この歌も符帳のはず。時季外れの和歌は〝木の葉なき〟を言いたいからではないか。木の葉は落ち葉。〝落ち葉を落とせ〟とか〝枯葉に隠せ〟の意ではないか。何を隠すのか、松姫はどう考えるのか、どう動くか。

いろいろ考えて気が急いてくる。長安は呑気に話を続け、

「代替わりは難しいものですなぁ。信忠様も先代が信長様ですからね、気苦労も多そうだ。弱法師の元雅も世阿弥様から離れて若死にしましたぞ。芸能の二代目は難しい。ぼんくらでも困るが、才のあるのも考えもの。親子で競い合い、親子だからこそ憎み合う。信忠様もそのようなことにならなければいいのですが……」と気がかりな声を出す。

「ご自分のことを仰せられているよう」と返せば、

「私にそのような才はありませんよ。しかし才の無いのも、これはこれで辛いもので……。ハハハッ、私のことはいいのです。どうとでもなりますが、楓殿はどうされるのです？」と話を変えてくる。

「どうもこうも、高遠の松姫様のところに戻ります」

「その後は？」

「その後とは？」

「木曽様が裏切るとなると、高遠城は戦の最前になりますぞ。すぐに戦になるとは言えませんが、織田方の動きが気になります。この和与も織田の誘い、そんな気がしませんか？」

「そう言えば、河尻様は〝今は大事なとき〟と言われました」

「そうでしたか？　そうか。言っていましたな。さすがは楓殿。見た目ばかりか、頭も冴えている。ハハッ、また睨まれた」と首をすくめ、

「思いますに、松姫様も同じことをお考えではなかったかと。お子を返されたのも、和与が成らないと読まれてのこと。それに……織田が私たちをすんなり返すのも解《げ》せませぬ。内実を知った者を容易《たやす》く返しますか？〝準備ができた〟というところでは。後はきっかけだけ」

「きっかけ？」

「戦を始める理由のようなもの」

「どういう理由でしょう？」

「それは……私などには分かりませんよ。おっ、またそのようなお顔をされて。もっと睨んでくださ れ」と話を戯言に変えてしまう。

長安の話はどこまで本気でどこからふざけなのか分からない。そのことを言うと、

「それが能猿楽というもので、嘘の中にも真《まこと》ありってところでしょうか。この口が、口が勝手に喋るのです。楓殿は難しい顔ばかりで、つい声を掛けたくなる。少しは気晴らしになるでしょ？　それに道中が心配でしたから。私のような気鬱晴らしが必要なので――」

「わたしのため？　だったんですか？」

「そうですよ。言っていませんでしたか？　言った気でいたんですけど……。いろいろ話しましたから、言葉にしたか、しなかったか……、これぞ弱法師、夢か現か、幻か。あっちへよろり、こっちへよろりと――」

――わたしのため。

言葉が炭火のように体を温めていく。

――この言葉を聞きたかった。

言葉の火に灰を掛ける、優しく、ゆっくりと。こうしておけば火の着いたままでいられる。

緩んでいく顔を隠すように遠くへ目を向けた。山峰の黒が紺藍の空を区切り、休んでいる間に辺りは暮れ色に変わっている。山脈《やまなみ》に目を流していくと、歩く先、東の空が赤く瞬《またた》いていた。

「あれは何でしょう？」

「さあ、何でしょうか？　山火事ですかね？」

――私の埋め火のよう。

戯言は口にせず、楓は足早に歩き始めた。

了

参考資料

久保田昌希『戦国大名今川氏と領国支配』吉川弘文館
新行紀一『一向一揆の基礎構造―三河一揆と松平氏―』吉川弘文館
小和田哲男編『戦国大名論集⑫徳川氏の研究』吉川弘文館
所　理喜夫『徳川権力と中近世の地域社会』岩田書院
芝辻俊六『戦国大名武田氏の役と家臣』岩田書院
小和田哲男ら『浜松の城と合戦三方ヶ原合戦の検証と遠江の城』サンライズ出版
網野善彦『職人と芸能』吉川弘文館
沖本幸子『乱舞の中世　白拍子・乱拍子・猿楽』吉川弘文館
笹本正治『異郷を結ぶ商人と職人』中央公論新社
戦国史研究会『戦国時代の大名と国衆　支配従属自立のメカニズム』戎光祥出版
太田光一『世阿弥』郁朋社
後藤　淑『能の形成と世阿弥』木耳社
天野文雄『能楽名作選』角川書店

あとがき

「ひねくれ弥八」をお送りします。

弥八、随風、長安、三人の道中記であり、人道に迷った弥八との同行記、徳川への帰還路でもあります。

作中で江尻湊から船に乗るシーンがありましたが、三人にはこの地の名物、追分羊羹（筆者の大好物）を食べてほしかった。しかしこの店の創業は江戸時代で時期が合わない。百年の空白をどう考えるか。実はこの蒸し羊羹、京都近郊の丁稚羊羹と似ています。ルーツが同じではないかと調べますと、蒸し羊羹の歴史は古く、禅寺の精進料理が発祥らしい。それではどうやって静岡に伝わったか。

今川義元の軍師、雪斎禅師は京の高僧を招いて臨済宗を広めています、当然、精進料理僧も連れて。雪斎は人質時代の家康を預かっていましたから、甘党の家康なら必ず虜になったはず。ということで家臣の三弥が食べることになりました。

蒸し羊羹と同じように本多正信（弥八）にも消息不明の空白時期があります。三河一揆で出奔した後、何をしていたのかはっきりしない。天海（随風）も武田滞在期は茫漠として、既刊「艶《つや》と虎繁《とらしげ》」では虎繁とも関ります。若い長安も何をしていたのやら。

後の世で異彩を放つ三人が影のように消えていたこの時期に、武田は大きな流れに呑み込まれていきます。急流の中で未だ己の形が定まらない三人がどう泳ぎ、流され溺れたか。きっと格好悪く岸辺に流れ着いたんでしょう。大真面目な姿は、傍《はた》から見れば可笑しみもあり悲哀も漂います。そんな情感が出れば、と書き進めました。

長安にはそれほどの深刻さはありませんが、武田征伐後に徳川普請方として忽然と現れ、松姫の許に集まった武田遺臣を組織化して関東の治安活動に当たります。しかし考えてみますと、無骨な武田侍が猿楽師上がりの長安に唯々《いい》諾々《だくだく》と従うでしょうか。当時の猿楽能はラップやストリートダンスのようなもの、面白いけど仄《ほの》暗い。武田者の信頼を得るには信玄の娘、松姫の後ろ楯が必要では？　それなら松姫の知遇は？　と考えて「よろぼし御子」につながりました。織田の武田征伐という激流に呑み込まれる直前の話。木曽家の裏切り、浅間山噴火の予兆があります。

以前から三法師の母松姫説には不思議さを感じていましたが、甲江《こうごう》和与、甲濃《こうのう》和与の研究が進み、これらに信忠と松姫の姿を重ねてみました。翻弄《ほんろう》され、それでも信じようとする二人。それが既刊「甲江和与、流れ」となり、本作「よろぼし御子」の甲濃和与になりますので、合わせて読んでいただくと話の視界が広がります。

空白時期の三人。空白になるにはそれなりの理由があるのでしょう。それを空想するのは楽しいこと。光を当ててみれば、弥八が跳ね、随風が目玉を回し、長安がエッジの効いたアドリブで舞う。その姿を思い描いていただければ幸いです。

田島高分

【著者紹介】

田島　高分（たじま　たかわき）

静岡県出身、名古屋大学工学部卒（工学博士）
著書『甲江和与、流れ』（郁朋社）、『艶と虎繁―岩村城異聞―』（郁朋社）

ひねくれ弥八《やはち》　―本多《ほんだ》正信《まさのぶ》外伝《がいでん》―

2023年7月12日　第1刷発行

著　者 ― 田島《たじま》　高分《たかわき》

発行者 ― 佐藤　聡

発行所 ― 株式会社 郁朋社《いくほうしゃ》

〒101-0061　東京都千代田区神田三崎町 2-20-4
電　話　03（3234）8923（代表）
ＦＡＸ　03（3234）3948
振　替　00160-5-100328

印刷·製本 ― 日本ハイコム株式会社

カバー装画 ― 田島　和子

題　字 ― 糸井　敏子

装　丁 ― 宮田　麻希

落丁、乱丁本はお取り替え致します。

郁朋社ホームページアドレス　http://www.ikuhousha.com
この本に関するご意見・ご感想をメールでお寄せいただく際は、
comment@ikuhousha.com　までお願い致します。

　ISBN978-4-87302-789-0 C0093